浮雲心霊奇譚

月《げっ》下《か》の黒《こく》龍《りゅう》

神永学

Gekka no Kokuryu
UKIKUMO SHINREI KITAN
Manabu Kaminaga

集英社

目次

CONTENTS

浮雲心霊奇譚
Gekka no Kokuryu
UKIKUMO SHINREI KITAN
月《げっ》下《か》の黒《こく》龍《りゅう》

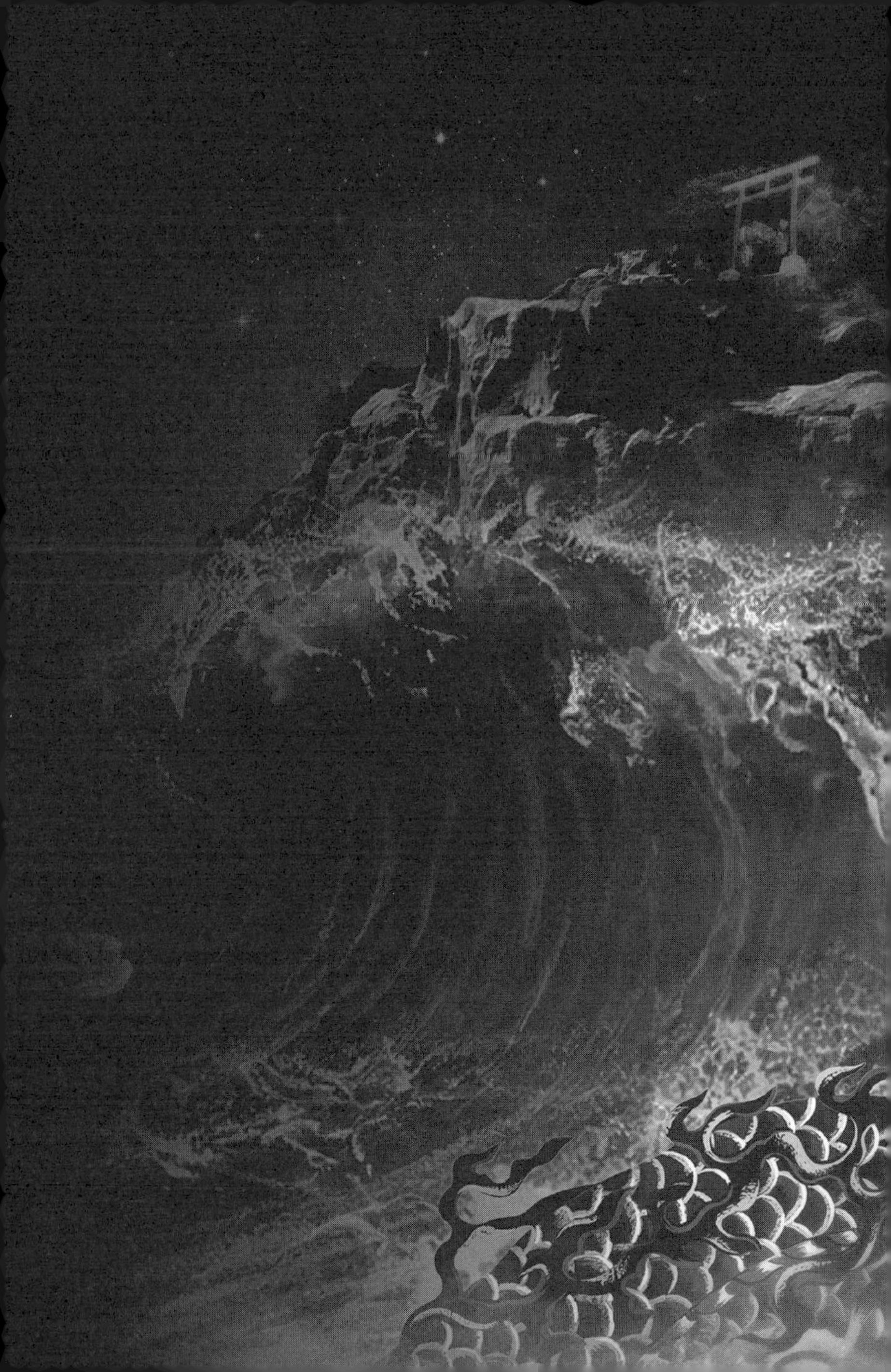

◉登場人物

浮雲《うきくも》……赤眼の〝憑きもの落とし〟。

土方歳三《ひじかたとしぞう》……薬の行商。剣の腕が立つ。

遼《りょう》 太郎《たろう》……旅の者。

宗次郎《そうじろう》……剣士。少年ながら卓越した技を遣う。

狩野遊山《かのうゆうざん》……絵師にして呪術師。

蘆屋道雪《あしやどうせつ》……陰陽師《おんみょうじ》。浮雲の母の一族。

千代《ちよ》……道雪の下で働く女。赤眼を持つ。

生首の陰

一

足を踏み出す度に、深い森にずぶずぶと沈んでいくような気がした。

昼間だというのに鬱蒼《うっそう》と生い茂った木々が、陽《ひ》の光を遮り、抜け出せない闇へと誘っているようでもあった。

箱根《はこね》の峠道は険しいとは聞いていたが、こうも大変だとは思わなかった。足にできた血豆が潰れ、べたべたと嫌な感触がする。痛みはとうに越え、ほとんど何も感じなくなってしまった。

それでも、遼太郎《りょうたろう》は歩みを進めた。笠を目深に被《かぶ》り、顔を隠すようにしながら、前へ前へと足を動かす。

――速く。もっと速く。

まるで何かから逃げるように――いや、実際に逃げているのだ。家や地位、そして名前すら捨て、ただひたすらに逃げている。

――何から？

耳の裏で声がした。それは、父の声のようであり、また自分の声でもある気がした。何《いず》れにしても、遼太郎はその答えを持っていなかった。

「おい！　待て！」

突如として飛び込んできた怒鳴り声に、思わず足を止める。

——追《お》っ手《て》か？

遼太郎は、絶望的な気分に陥りながらも、声のした方に目を向ける。

三間ほど離れたところに、二人の男女の姿があった。男の方は、髭《ひげ》を生やし、襤褸《ぼろ》を着た山賊風だった。

女の方は、薄紅色の着物を着て、首には藍色の襟巻きを巻いていた。年の頃は十八か九といったところだろう。瓜実顔《うりざね》の美しい女だった。

「殺されたくなきゃ、さっさと金目のものを置いていきな」

山賊風の男は、卑しい笑みを浮かべながら、女の腕を摑《つか》み、その胸に小刀を突きつけている。

見てくれ通りの山賊らしい。まだ、こちらに気付いている様子はない。関わりを持てば、こっちの命が危うくなる。踵《きびす》を返して逃げ出すべきなのだろう。

「何をしているのですか」

臆病な思いに反して、遼太郎は歩みを進めながら声をかけていた。

「あん？　何だお前は？」

「その女から離れて下さい。人を呼びますよ」

遼太郎が勇気を振り絞って言うと、山賊の男は声を上げて笑った。

「人を呼ぶだぁ？　好きにしろ。誰も来ねぇけどな」

山賊の男の言う通りだ。

こんな山奥では、叫ぼうが、喚《わめ》こうが、助けは来ない。ただ、だからといって、このまま逃げるなんて卑怯《ひきょう》な真似はできない。

「金が欲しいなら、私のものを差し上げます。百両はあると思いますよ」

遼太郎は、そう言いながら巾着袋を取り出した。

中に百両どころか一文も入っていないが、山賊の男は目の色を変え、女の腕を放して遼太郎の方に歩み寄って来た。

「逃げて下さい」

遼太郎は、女に向かってそう言うと、くるりと踵を返して走り出した。

「待て！」

山賊の男は、目論《もくろ》み通り獲物を遼太郎に変え、後を追いかけて来た。

女が、逃げたかどうか確かめる余裕はなかった。山賊を自分の方に引き付けたはいいが、問題はこれからだ。

捕まれば、今度は遼太郎が殺されることになる。こんなところで死ねない。死ぬわけにはいかない。

遼太郎は必死に走った――。

こうまでして、生きようとしている自分が、滑稽でならなかった。生き延びたところで、全てを捨てた遼太郎には何もないというのに。

どれくらい走っただろう。遼太郎は木の根に足を取られ、つんのめるようにして転んでしまった。

膝にじんわりと痛みが走る。

——追いつかれる。

そう思ったのだが、足音は聞こえなかった。痛みを堪《こら》えて立ち上がり、振り返ってみたが、やはり山賊の男の姿は見えなかった。

どうやら、上手《うま》くまくことができたようだ。ほっと胸を撫《な》で下ろしたあと、息を整えながら空を仰いだ。

木々の間から覗く空は、どんよりと濁った雲で埋め尽くされていた。

木々を揺らす風は、湿気を帯びているような気がした。山の天気は変わりやすいという。これはひと雨くるかもしれない。こんな峠道で雨に降られたりしたら、堪《たま》ったものではない。

遼太郎は、疲れた身体に鞭打ちつつ歩き出そうとしたところで、再び風に揺られて森が騒いだ。

その音は、まるで誰かの悲鳴のようだった。

遼太郎は、ぶるっと身震いをする。

「嫌だな」

何がどう嫌なのか問われると答えに窮するが、何となく嫌な感じがした。肌がぷつぷつと粟立《あわだ》つような——そんな感じだ。

そういえば、この辺りにはお玉ヶ池《たまがいけ》の伝承があった。

お玉ヶ池の本当の名は、那津奈可池《なずながいけ》という。あるとき、伊豆《いず》の実家に逃げ帰ろうとした奉公人のお玉が、箱根の関所を抜けようとして道に迷い込んでしまった。彷徨《さまよ》った末に足を踏み入れたのが、運悪く関所破りの道だった。弁明をしたが受け容《い》れられず、お玉は捕縛されて斬首となった。

そんなお玉を哀《あわ》れに思った姉が、その首を洗ったことから、お玉ヶ池と呼ばれるようになった。以来、お玉ヶ池の辺りには、生首が飛ぶとか飛ばないとか——。

「迷信だ」

遼太郎は自らに言い聞かせる。

そうした言い伝えはどこにでもある。実際に、そういうことがあったのかもしれないが、伝わっていることが正しいとは限らない。

お玉ヶ池の伝承にしても、お玉は奉公人ではなく、旅芸人だったという話もあれば、姉と一人の男を巡っての愛憎があったとかいう話もある。

この手の話は、教訓めいていることが多い。お玉の話も、箱根の関所を破るとどうなるかを伝えるために創られたものだというのが、遼太郎の考えだった。

箱根に限らず、関所を通行するとき、男なら通行手形があれば事足りるが、女はそうはいかない。

人見女《ひとみおんな》が隅々まで検《あらた》める。髪を解かせ、衣服を脱がせるだけではなく、尻の穴に指を突っ込んで、何かを隠していないか確認するという話だ。いくら同じ女だとはいえ、そうした屈辱が耐え難く、関所破りをする女が後を絶たないという。

それに歯止めをかけるべく、お玉ヶ池のような教訓じみた話を生み出し、語り継がれているに違いない。

いずれにせよ、真偽が定かでないものに怯《おび》えても仕方のないことだ。遼太郎からしてみれば、それよりも生きた人間の方がはるかに怖い。さっきの山賊のように、己の欲求の為《ため》に平然と他人の物を奪う連中がいる。

それだけでなく、他人を蹴落とし、自分を出世させる為に、平気で他人を騙《だま》す者もいる。謀略が渦巻く中にいると、敵味方の区別がつかなくなり、誰も信用できなくなる。

遼太郎が育った場所は、そうした者たちが集う巣窟だった。

ぽつっ——。

思いを遮るように、遼太郎の頬に雨粒が当たったかと思うと、ぱらぱらと音を立て降り始めた。

「参ったな……」

呟《つぶや》いている間にも、みるみる雨は勢いを増していく。遼太郎は、堪らず近くにあった大きな木の下に逃げ込んだ。

生い茂った枝葉のお陰で、いくらか雨を凌ぐことができた。着物の袖を絞ると、ボタボタと音を立てて水が落ちた。

思わずくしゃみが出る。身体もだいぶ冷えてきた。

遼太郎は、忌々しく空を見上げる。

空全体が灰色に濁っていた。これは、通り雨ではなさそうだ。長雨になるのだとしたら、こんな木の下ではなく、どこか雨宿りできる場所を探した方がいいかもしれない。

――ここへぇはぁぁ……。

雨音に紛れて声が聞こえた。

――こっちは……きてぇは……なさい……。

途切れ途切れではあったが、清流のように清らかで澄んだ声だった。節回しからして、どうも歌を歌っているようでもある。

もしかしたら、近くで自分と同じように雨宿りをしている女がいるのかもしれない。これだけ美しい声をしているのだ、それはそれはべっぴんに違いない。

――はやぁ……てくぅだ……。

甘く、柔らかい響きを持った声に誘われるように、遼太郎は雨宿りしていた木の下から二歩、三歩と歩み出ながら声の主を探す。

雨が身体を打ち付け、着物が重くなっていくが、そうした不快さも気にならないほどに遼太郎は声に惹《ひ》き付けられた。

やがて、視界の隅にふっと何かが見えた気がした。

慌ててそちらに目を向ける。

黒い布のようなものが、木と木の間をふわっと舞っていた。

女の帯か何かだろうか？

いや違う。それは、木の筋ではなかった。

細くて長いものが群れをなし、うねうねと風に揺られて舞っている。

やがて遼太郎は、その舞っているものの正体に気付いた。

それは、長い髪だった。

女の髪であろう。

そうか。女はあそこにいるのか。引き寄せられるようにして、足を踏み出した遼太郎だったが、すぐにおやっと思う。

――おかしい。

もし、あれが女の髪だとするなら、その身体はいったいどこにあるのだ。木の間に漂っているのは、真っ黒い髪だけなのだ。

それに気付くのと同時に、遼太郎の身体がぞわっと震えた。

髪のように見えるが、あれは違うものなのかもしれない。たとえば、細い糸の束が木の枝に引っかかっているとか――。

気持ちを落ち着かせるために、色々と考えを巡らせたが、そうすればそうするほどに不安が募っていく。

やがて、ゆらゆらと揺れる黒い髪の毛の束が、ぐるんっと向きを変えた。

女の顔があった――。

真っ白い顔をした、瓜実顔の女の生首が黒い髪を揺らしながら宙を漂っていた。

遼太郎は口を開けはしたものの、恐怖で悲鳴すら出なかった。

女と目が合った。

その途端、女は目を細め、口を僅かに開く。ねちゃっと唾が粘つくような音がした。

女の顔が――。

さっきより近くなった気がする。

最初に見たときは、帯なのか、髪なのか見分けられないほど遠かったのに、今は女の表情が分かるほど近くにその顔があった。

――逃げなければ。

思うのだが、どうにも身体が動かない。

やがて、女の生首は、鼻先がつくほどの距離まで近付いていた。

女の唇から、ぬらりと赤い舌が出てきた。

ああ――喰われる。

遼太郎は「があぁぁ！」と獣のような咆吼《ほうこう》を上げながら駆け出した。

足を取られ、何度も転んでしまったが、その度に立ち上がり、ひたすらに足を動かした。どこに向かっているかなど分からない。ただ、あの生首から少しでも遠くに行きたかった。

後ろを振り返る余裕はない。

もう一度、あの目を見てしまったら、もう走れなくなるような気がしたからだ。

あれはこの世のものではない。

あれこそ、首を斬られて死んだお玉に違いない。これまで迷信だと思っていたが、それは間違いだった。

どうしてこんなことになってしまったのか――。

後悔ばかりが頭にちらつく。

ただ、いくら悔いてももう遅い。出会ってしまったのだ。とにかく今は逃げなければ。

二

「雨が降って来ましたね――」

土方歳三《ひじかたとしぞう》は、濁った空を見上げながら呟いた。

雲の感じからして、通り雨ではなく、かなりの大雨になりそうだ。できれば、今日中に箱根の峠を越えておきたかったが、少し難しそうだ。

「雨かよ」

隣に立つ男――浮雲《うきくも》が舌打ち混じりにぼやく。

髷《まげ》も結わないぼさぼさの髪で、白い着物を着流し、空色に雲の模様をあしらった袢纏《はんてん》を羽織っている。

これから、京の都まで旅をするとは思えないほどの軽装だ。

おまけに浮雲は、赤い布で両眼《りょうめ》を覆い、金剛杖《こんごうづえ》を突いて歩いている。だが、盲人というわけではない。

浮雲が両眼を赤い布で覆っているのには訳がある。

浮雲の両眼は、流れ出る血のように鮮やかな赤い色をしている。その特異な色に、奇異の視線を向ける者も少なくない。

それを嫌ってのことだ。

気持ちは分からんでもないが、その癖、浮雲は両眼を覆う赤い布に墨で眼を描いている。

その不気味な様相のせいで、余計に目立っている気もするが、本人がそれでいいなら歳三が口を出す問題でもない。

「雨宿りできる場所を探した方が良さそうですね」

歳三が言うと、浮雲が盛大にため息を吐《つ》いた。

「まったく。お前が、川崎《かわさき》で余計なことに首を突っ込むから、こういうことになるんだ」

浮雲の言う余計なこととは、火車の怪異にまつわる一件のことだ。

確かに、あの一件を呼び込んだのは歳三だが、途中からは、浮雲は自らの意思で関わっていたはずだ。

「器の小さい男ですね。飯盛女に釣られて、話に乗ったのは、あなたでしょ」

「は？　何を言ってやがる。おれは、飯盛女の相手をしてねぇ」

「それは、あなたが酔い潰れたからでしょ」

浮雲は成り行きで宿を共にすることになった、才谷梅太郎《さいたにうめたろう》という武士と意気投合し、どんちゃん騒ぎをした結果、酒を呑《の》み過ぎて、飯盛女との夜を逃すことになった。歳三の指摘に、浮雲は「ぐぬっ」と悔しそうに唸《うな》る。

「お前だけ、上手いことやりやがって」

「そんなんじゃありませんよ」

否定しつつ、歳三の脳裏に一人の女の顔が浮かんだ。

歳三の夜の相手をした、飯盛女の千代《ちよ》だ。美しくはあったが、痩せこけていて、暗い目をした女。

千代と出会ったことで、歳三は因縁を背負ったような気がする。

まあ、今さらそれを考えたところで、どうなるものではない。もし、千代が歳三の仇となるなら、斬り捨てるまでだ。

「だいたい、お前はいつも、いつも、そうやって自分だけ……」

「静かに――」

歳三は、そう言って浮雲を制した。

これ以上、小姑のような小言を聞くのに飽き飽きしていたというのもあるが、風の音に混じって、人の叫び声らしきものを聞いたからだ。

浮雲も察したらしく、両眼を覆った赤い布を指でつり上げるようにして視界を確保すると、周囲に目を走らせる。

歳三が息を殺して耳を澄ませると、枝を折り、草をかき分けながら、何かが向かって来る音が聞こえた。

獣の類いかと思ったが、そうではない。

音の間隔からして、二本足の生き物。おそらくは人間だ——。

歳三は、背負《せお》っていた笈《おい》を下ろし、括《くく》り付けていた傘を手に取ると、その柄に手をかける。

これはただの傘ではない。

仕込み刀になっている。川崎の一件の後、改良を加えたのだ。

「来たぞ」

浮雲が口にする。

歳三にも、こちらに向かって走って来る人の姿が見えた。

慌てて何かから逃げているといった感じだ。向こうは、必死過ぎて、歳三たちの存在に気付いていないようだ。

「酷《ひど》く慌てていますね」

「そうだな」

「どうします？」

「さて、どうするか？」

などと話しているうちに、男がすぐ目の前まで迫っていた。

「おい」

浮雲が声をかけると、ようやく男はこちらの存在に気付いた。

大きく両目を見開いた男は「うわぁ！」と悲鳴を上げながら、反対方向に逃げようとする。

「落ち着いて下さい。何もしませんよ」

男は、歳三の呼びかけなど聞こえていないらしく、慌てた様子で走って行く。

が、次の瞬間、男の姿が消えた——。

山の斜面から滑り落ちたのだ。

「死んだか？」

「さあ？」

歳三は、答えながらも歩みを進め、斜面を覗《のぞ》き込む。

男は、一間ほど下の地面に仰向けに倒れていた。意識がないらしく、ぴくりとも動かない。

歳三は、笈を背負い直すと、慎重に斜面を下って行く。

「おいおい。また余計なことに首を突っ込むなよ」

浮雲のぼやきが聞こえてきたが、無視することにした。

歳三は、男の許《もと》まで行き、その様子を検分する。脈もあるし、呼吸もしている。頭を打って気を失っているようだ。

年は、歳三とたいして変わらない。

身なりからして、相当に身分の高い男であることが分かる。そんな人物がお付きも連れずに、こんな山の中をうろついているのだから、何か深い訳があるのだろう。

「まったく。面倒なことをする。放っておけばいいものを」

すぐ後ろで、浮雲が文句を並べる。

文句を言いながらも、斜面を下りて様子を見に来ているところが、浮雲らしいといえばらしい。

「こんなところに放り出したら、熊に食われてしまいますよ」

「食わせてやればいい。熊も冬眠前で腹が空いてるだろ」

「その冗談は笑えませんね」

「冗談じゃねぇ。おれは本気だぜ」

倒れていた男が「ううっ……」と呻《うめ》くような声を上げ、ゆっくり目を開けた。

どうやら気が付いたようだ。

「大丈夫ですか？」

歳三が声をかけると、男は驚いたように「わっ！」と声を上げた。

浮雲の様相を恐れたのか、あるいは、単に目覚めたら人がいたことにおののいたのかは分からない。

男は、そのまま立ち上がって逃げようとしたが、「痛っ」と声を上げて蹲《うずくま》ってしまった。

斜面から転げ落ちたときに、足を挫《くじ》いたのだろう。

「急に動かない方がいいですよ。骨は折れてませんが、強く打っていますから」

歳三は、男にそう言うと改めてその足首を看《み》る。

こちらに敵意がないことを理解したのか、男はさっきのように慌てることなく、じっとしていた。

「打ち身によく効く塗り薬があります。それを塗っておきます」

歳三は、笈の中から塗り薬を取り出し、男の足首の腫れた部分に塗ると、布で巻いて足首を固定した。

「あ、ありがとうございます。このように手当までして頂いて、本当に申し訳ありません」

男が丁寧に頭を下げる。

身なりもそうだが、その喋《しゃべ》り口調にも品位がある。相当に育ちがいいのだろう。

「いえいえ。お気になさらず」

「そうはいきません。お代を払うべきところなのですが、残念ながら持ち合わせがありません」

「何だよ。文無しかよ」

浮雲が舌打ち混じりに言う。

どうして、心にもない憎まれ口ばかり叩くのかと呆《あき》れてしまう。

「申し訳ありません」

男は、浮雲の言葉を真に受けて、すっかり肩を落としてしまう。

「謝る必要はありません。見ての通り私は薬の行商人ですから、薬なら売るほどあるのです」

歳三は、笈に書いてある〈石田散薬《いしださんやく》〉の文字を、ぽんぽんと叩いてみせた。

「売り物に手をつけたのですから、それはやはりお代を払うべきです。今は、難しいですが、必ず恩返しを致します」

男が再び頭を下げた。

多少の堅苦しさは感じるが、悪い男ではなさそうだ。

「本当に気にしないで下さい。私は、土方と申します。土方歳三。それから、その男は浮雲といいます。訳あって京の都まで旅をする途中なのです」

「そうでしたか」

「それで、あなた様は……」

歳三が訊ねると、男は逃げるように視線を逸《そ》らした。

「お名前をお伺いしてもよろしいですか？」

何時まで経っても、男が名乗ろうとしないので、仕方なくもう一度訊《たず》ねる。

男は、もごもごと口籠もっていたが、やがて意を決したらしく、歳三に向き直った。

「私は遼太郎といいます」

——偽名だな。

歳三は、すぐにそれを察した。姓を名乗らないのも引っかかる。

訳ありなのだろう。さらに訊ねることも考えたが、止めておいた。遼太郎と名乗ったのだから、そういうことにしておけばいい。

「遼太郎様は、どちらに向かうのですか？」

歳三が問うと、遼太郎は顔をしかめる。

「様は止めて下さい」

「遼太郎さんは、どちらに行かれるのですか？」

本当に嫌そうにしているので、歳三は言い直す。

「あ、あの、実は散策していたら、道に迷ってしまって……」

遼太郎が口にするなり、浮雲が「お前は阿呆か」と吐き捨てるように言った。

「あ、阿呆って何ですか。私は、本当に道に迷って……」

「それが阿呆だと言うんだ。嘘を吐くなら、もう少しマシな嘘を吐きやがれ」

「う、嘘ではありません」

「ここは箱根の峠だぞ。散策して迷い込むような場所じゃねぇ」

「旅籠《はたご》に泊まっていたんです。それで、気晴らしに散策していたら、迷ってしまったのです」

遼太郎は辻褄合《つじつまあ》わせの言い訳を並べるが、なかなか厳しい。

「ほう。では、お前は旅の途中だったという訳だ」

浮雲も止《よ》せばいいのに、嫌みったらしい口調で話を続ける。

「そうです」

「だったら、その格好は何だ？」

「え？」

「お前の格好を見る限り、とても旅の途中とは思えないがな」

「それを言うなら、あなたの格好も旅装束には見えません」

遼太郎の言葉を聞き、歳三は思わず笑ってしまった。まさにその通りだ。軽装という意味では、浮雲も同じだ。

「おれはいいんだよ」

「自分はよくて、どうして私はダメなのですか？　それに、あなたは、布で目を覆って盲人のふりをしているではありませんか」

遼太郎が、さらに言葉を重ねる。

「おれは、見ての通り盲目だ」

「嘘を吐かないで下さい。本当に盲目なら、どうして私の格好が分かったのです？」

遼太郎が言うと、浮雲はむっと口をへの字に曲げる。

「これは一本取られましたね」

歳三は声を上げて笑った。

言い訳は苦しかったが、遼太郎は阿呆ではない。見るべきところは、ちゃんと見ている。何よりり、浮雲を口で言い負かすとは、なかなか見所がある。

「何が面白い」

浮雲が、不機嫌そうに金剛杖で地面を突いた。

「いいじゃないですか。人、それぞれ事情があります。それは、あなたも同じでしょ。遼太郎さんの言葉を信じましょう」

歳三がまとめるように言うと、遼太郎は「すみません」とぽつりと口にした。

「そんなことより、遼太郎さんは、ずいぶん、慌てていたようですが、誰かに追われているのですか？」

歳三は気持ちを切り替えて訊ねた。

遼太郎が何者で、何をしているかは、これ以上は訊ねる気はないが、もし誰かに追われているとなると話は別だ。

状況次第ではあるが、追っ手や刺客の類いとやり合うことにもなる。

「そ、それは……」

遼太郎の顔が青ざめた。

「何かあったのですか？」

「じ、実は——恐ろしいものを見たんです」

「どんなものですか？」

「おそらく、あれは人ではありません。きっと物《もの》の怪《け》の類いです……」

「良ければ、詳しくお話しして頂けますか」

「え？」

「あの男、実は憑《つ》きもの落としを生業《なりわい》としていましてね。もしかしたら、遼太郎さんのお力になれるかもしれません」

歳三は、そう言って浮雲に目を向けた。

「おいおい。そうやって、次から次へと厄介事を拾うんじゃねぇよ」

浮雲が不満の声を上げる。

「良いではありませんか。困っているのですから」

「勝手なこと言ってんじゃねぇ。お前は厄介事を拾うだけかもしれんが、おれは解決しなけりゃならねぇんだ」

「そ、その、私は無理にとは……」

遼太郎が口を挟んできた。

知らぬ人が見たら、浮雲が本気で嫌がっているように感じるかもしれないが、そうではない。

この男は、ただ文句が言いたいだけなのだ。

「いいんです。この男の言うことなど、気にする必要はありませんよ」

「し、しかし……」

「それより、詳しい話を聞く前に、どこか雨宿りできる場所に移動しましょう」

歳三は空の様子を窺《うかが》った。

さっきより雨脚が強くなってきているし、しばらくは止みそうにない。雨宿りできる場所に移った方が良さそうだ。

「どこか心当たりはあるのですか？」

「ええ。確か、この近くに廃寺があったはずです。ここよりいくらかマシでしょう」

歳三は、そう言って立ち上がった。

○3○

遼太郎も立ち上がろうとしたが、傷めた足のせいでふんばりが利かなかったらしく、思わず尻餅をついてしまった。

「まだ、歩くのは難しそうですね」

「だ、大丈夫です」

遼太郎は、木の幹を支えにしながら、何とか立ち上がることまではできたが、表情は苦しげだ。

「無理はなさらない方がいいです。治りが遅くなりますよ」

歳三はそう言うと、遼太郎の方に背中を差し出した。

「いや、しかし……」

遼太郎は躊躇《ためら》いの声を上げる。

件《くだん》の廃寺は、ここからそれほど離れていない。遼太郎一人を背負っていくくらい、問題ない。

「さあ。遠慮しないで下さい。こんなところに、一人で残していくわけにはいきませんから」

歳三が促すと、遼太郎は恐縮しながらもおぶさってきた。

すくっと立ち上がり、歳三が歩き始めたところで、浮雲が「おい」と声を上げる。

「そいつをおぶって行くのはいいが、お前の笈はどうするつもりだ？」

浮雲が、金剛杖で歳三の笈をトントンと叩く。

「あなたに任せます」

「ふざけんな。こんなくそみたいに重いもの担げるか」

浮雲が酷く怒っていたが、歳三は気にせず歩き出した——。

三

「あの……もう歩けそうなので、大丈夫ですよ」

遼太郎が声をかけると、歳三は「もうすぐですので、お気になさらず――」と、すいすいと歩みを進めていく。

華奢《きやしや》な方ではあるが、それでも遼太郎はそれなりに体重がある。それをものともせず山道を歩く歳三の足腰は、相当に鍛え上げられているのだろう。

思えば、こんな風に誰かの背におぶさるなど、遼太郎にとって初めての経験かもしれない。

「あそこで、一休みしましょう」

歳三が歩みを進めながら声をかけてくる。

目を向けると、木々の間から古い寺が見えてきた。

瓦屋根には苔が生えていて、年季を感じさせるが、庭はよく手入れされていた。それだけではない。本堂から、微《かす》かに明かりが漏れている。

「廃寺じゃねぇのか？」

隣を歩いていた浮雲が言う。

確かに歳三の話では、廃寺ということだった。だとしたら、こんな風に明かりがあるのは不自然だ。

「そうですね。ついこの前までは、廃寺だったのですが、この様子だと誰かいるようですね」

歳三は間延びした調子で答えたが、遼太郎などは不穏に感じてしまう。

この辺りは山賊が多いと聞く。もし、山賊があの寺を根城にしていたとしたら、色々と厄介なことになる。

「申し――」

急に背後から声をかけられた。

振り返ると、そこには法衣を纏った老齢の僧侶の姿があった。腰が曲がっているのか、前屈《まえかが》みの姿勢だった。

「何かお困りですか？」

僧侶は、ゆるりとした笑みを浮かべながら訊ねてくる。

「実は、雨宿りのできる場所を探しているのです。連れが怪我をしてしまいまして、野宿というわけにもいかず――」

歳三が淀《よど》みなく応じる。

「そうですか、そうですか。それは大変でしたね。何もないところですが、ゆっくり休んでいって下さい」

僧侶は快くそう応じてくれた。

「助かります。以前、ここは廃寺になっていたと思うのですが」

歳三がそう口にすると、僧侶はうんうんと何度も頷《うなず》いた。

「ええ。半年ほど前までは、朽ち果てた寺でした。ただ、色々と事情がありましてね」

「どんな事情です？」

「この辺りは、道に迷う方が多いのです。山賊も多く、色々と物騒なこともありました。寺があることで、そうした人たちの助けになるのではないかということで、再興することになったのです」

「それはありがたいです」

廃寺を復興させることで、旅人の助けになるという考えのようだ。

「それに、まあ、関所に近いこともあって色々とありますから、そうしたものに対する見張りの意味もあるのですよ」

僧侶はそう言い添えた。

黒船が来航して以来、幕府のやり方を良しとしない連中が、怪しげな動きをみせているという。そうした連中が、関所破りをしないよう監視するという役割も担っているのだろう。

嫌な時代だとつくづく思う。

こんな時世でなければ、遼太郎も、もっと違った生き方ができたのかもしれない。いや、恨むなら、時代より出自なのだろう。

「そうでしたか。私は土方と申します。失礼ですが、御坊のお名前を伺ってもよろしいですか？」

歳三が訊ねると、「申し遅れました。道斎《どうさい》です」と僧侶は丁寧に頭を下げた。

それを受けて浮雲も遼太郎もそれぞれに名乗った。

「こんなところで雨に打たれていたら、風邪を引いてしまいます。ささ、中に。あなた方の他にも、雨宿りをしている方たちがいますよ——」

そう言って、道斎は本堂まで案内してくれた。

本堂の前まで来たところで、遼太郎は歳三の背中から下りた。

まだ足に痛みは残っていたが、さっきまでよりだいぶましになっている。これなら一人で歩くことができそうだ。

本堂の扉を開けると、蠟燭《ろうそく》の明かりが灯《とも》っていた。建物自体は古いが、雨を凌ぐのに不足はない。

奥には埃《ほこり》を被った不動明王像が鎮座していた。かなり古いものらしく、所々に蜘蛛《くも》の巣が張っている。

「おう。あんたらも、雨から逃げて来たのかい」

急に大きな声がした。

本堂の中央に座っていた男が、のそっと立ち上がった。でっぷりとした体軀《たいく》の男だった。年の頃は三十くらいだろうか。身なりからして商人のようだった。

さっき道斎が、他にも雨宿りをしている人がいると言っていたが、この男がそうなのだろう。

「おれは、助六《すけろく》っていうんだ。けちな商人だ。尾張《おわり》に向かっている最中だったんだ。本当は、今日のうちに箱根の関所を越えたかったんだが、途中でこの雨だ。少しくらいなら、先に進むんだが、これだけ強い雨だと山道は危ないってんで、雨宿りできる場所を探していて、この寺に辿《たど》り着いたってわけだ」

助六は早口に言う。しかも声が大きい上に、何だか馴《な》れ馴れしい。

「で、あんたらは？」

助六がじっとこちらに目を向ける。

「私は見ての通り薬の行商人で、土方歳三と申します。こっちは連れの浮雲。で、そちらにいるのは、先ほど山で出会った遼太郎さん」

遼太郎が口を開くまでもなく、歳三がそれぞれの紹介を済ませてくれた。

一応、「遼太郎です」と名乗ることはした。それに倣うように、浮雲もぶっきらぼうに自らの名を口にした。

「山の天気は変わりやすいというが、まさかこんなに降るとは思わなかった。参った、参った。しかし、寺があって本当に助かったよ」

助六は自らの頭をぺちぺちと叩きながら言う。

性分なのだろうが、本当に口数が多い。気圧《けお》されてしまい、こちらからは何も言うことができない。

「ところで、そちらの方は？」

歳三が、本堂の隅に目を遣る。

遼太郎も釣られて目を向けると、そこには一人の女が、壁の羽目板に寄りかかるようにして座っていた。

「あっ！　あなたは！」

遼太郎は思わず声を上げた。

そこにいたのは、さっき山賊に絡まれていた女だった。女の方も、遼太郎に気付いたようで、すっと立ち上がると歩み寄って来た。

「あなた様は、先ほどの——ご無事でしたか」

女が掠《かす》れた声で言いながら、遼太郎の手を取った。少し骨ばっているが、綺麗な手をしていた。

「ええ。何とか」

「良かったです。本当に心配しておりました」

「お二人は、知り合いですか？」

歳三が訊ねてきた。

「私、旅芸人をしております、お七《しち》と申します。旅の仲間とはぐれてしまったところ、運悪く山賊に絡まれていたのですが、通りかかったこちらの方に助けて頂いたのです」

遼太郎より先に、女が自らの名を名乗りながら、状況を簡潔に説明してくれた。

「そうでしたか。遼太郎さんは、勇気があるのですね。なかなかできることではありませんよ」

「いえ……」

歳三が、持ち上げるものだから、妙に気恥ずかしくなってしまった。

「本当にありがとうございました。遼太郎様がいなければ、私はどうなっていたか……」

お七は丁寧に頭を下げる。

「いえ。私は、ただ逃げただけですから……」

「その足は、山賊にやられたのですか？」

「あ、違います。その後も、色々とありまして……」

「あんた、仲間とはぐれたんだろ。何だったら、おれたちと一緒に行くか？」

急に浮雲が、遼太郎とお七の間に割って入って来た。

「あんたが安心して眠れるように、ずっと側にいてやってもいいぜ」

浮雲は、そう続けながら遼太郎を押しのけ、お七の手を取る。欲望に塗《まみ》れた何とも厭《いや》らしい笑みを浮かべていた。下心が透けてみえる。

「ご心配頂きありがとうございます。はぐれた場合は、箱根の関所で落ち合うことになっていますので、お気になさらず」

お七は、流れるような動きで、浮雲の手を逃れた。

これだけ美しい女だ。浮雲のような輩《やから》に言い寄られることも多いだろう。それ故に、かわし方も心得たものだ。

お七は、そのまま元の位置に戻って行ってしまった。

「ふられてしまいましたね」

歳三がちくりと言う。

遼太郎は、思わずぷっと噴き出して笑ってしまった。その途端、浮雲に頭を引っぱたかれた。

「な、何をするのですか」

「頭に蠅がいたんだよ」

「いい加減なことを言わないで下さい」

「本当のことだよ」

「でしたら、その証《あかし》を見せて下さい」

「お前、理屈っぽいな」

「理屈ではありません。私は、ただ証を……」

遼太郎の言葉を遮るように、勢いよく扉が開き、一人の男が本堂に入って来た。

身なりからして武士らしかった。

眉間に深い皺《しわ》を刻み、口髭を生やし、体格もがっちりしていて、見るからに屈強そうな男だった。

腰に挿した刀の柄は、よく使い込まれている。立ち姿からしても、相当に剣の腕が立ちそうだ。

――もしかして、あれは差し向けられた刺客ではないのか？

遼太郎の頭にそんな考えが過《よぎ》り、思わず肝を冷やす。それと同時に、浮雲や歳三と一緒にいてつくづく良かったと思う。一人であったなら疑われるだろうが、浮雲たちと一緒なら仮にあの武士が刺客であったとしても、怪しまれることはないだろう。

「お侍様。どうかされましたか？」

道斎が歩み寄りながら武士に訊ねる。

「雨宿りをさせてもらう」

武士は、高飛車な口調で言うと、道斎に睨《にら》みを利かせた。

道斎は武士の横柄な態度に、嫌な顔一つせず、「どうぞ、どうぞ」と武士を促す。

「お侍さんも、雨から逃げてきた口でございますか？」

助六が擦り寄るようにして声をかけるが、武士は一瞥《いちべつ》しただけで返事をすることもなく、柱に寄りかかるようにして座った。

商人風情などと喋る気もないのか、人を寄せ付けない態度だった。

「偉そうに。これだから武士というのは……」

ぼやくように言ったのは浮雲だった。

これみよがしに、腰に下げた瓢《ひさご》を手に取り、ぐいっと一口呷《あお》ると袖で口を拭った。布に描かれた眼が、挑発しているように見えた。

「何か文句でもあるのか？」

武士が睨み返してくる。

「あん？　話しかけるな。武士と喋ると酒が不味《まず》くなる」

浮雲が舌打ちまじりに言う。

武士嫌いなようだが、それを表に出したのでは諍《いさか》いが生まれる。案の定、武士は「貴様！」と腰を浮かせる。今にも刀の柄に手をかけそうな勢いだった。

「ここは寺の本堂です。どうか、お気を鎮めて下さいまし」

道斎が慌てた様子で間に割って入る。

それでも、武士の顔から怒りは消えない。このままでは、とんでもないことになる。そこまで思ったところで、すっと歳三が武士の傍らに立った。

「すみません。あの男は根っから口が悪いのです。これでどうか――」

歳三は、こっそり武士に金を握らせていた。

武士は渡された金に満足したのか、ふんっと鼻を鳴らして笑うと、再びその場に座り直した。

歳三はにこにこ笑っているが、きっと冷や汗をかいたことだろう。下手をすれば、武士に斬られかねなかった。浮雲のような男と旅をしているのでは、気苦労が絶えないに違いない。

「ささ。とにかく今は休みましょう」

武士の許を離れた歳三が、遼太郎に声をかけてきた。

「あ、はい」

返事をしつつ改めて目を向けると、がらんとしていた本堂が、すっかり人で埋まってしまっていた。

こんなこともあるんだな――と妙な感覚に陥った。

四

「それで、遼太郎さん。話が途中になってしまいましたね」

一段落着き、全員が腰を落ち着けたところで、歳三はそう切り出した。

出会ったとき、遼太郎は何かから逃げ回っていた。さっき、山賊の話を聞いたとき、てっきりそのことかと思ったが、それだとどうにも腑《ふ》に落ちない。訳を訊ねたとき、遼太郎は「恐ろしいものを見た――」と言っていた。山賊なら、そうと言うはずだ。遼太郎が見たのはもっと別のもののはずだ。

「あ、はい」

遼太郎が、神妙な顔で頷いたあと、口を開こうとしたのだが、それを浮雲が遮った。

「余計な話を蒸し返すな。どうせろくな話じゃねぇよ」

「それは、聞いてみなければ分かりません」

「分かるさ」

「どうしてですか？」

「どうしても――だ」

浮雲の言いように、歳三はため息を吐いた。

相変わらず気難しい男だ。

「私は、遼太郎さんの話に興味があります。嫌なら聞かなければいいでしょ」

歳三が言うと、浮雲はふてくされたらしく、舌打ちをすると腕を枕に、ごろんと横になってしまった。

「この男のことは放っておきましょう。それで、森で何があったのですか？」

歳三は、改めて遼太郎に訊ねた。

「はい」

遼太郎は、一つ頷いてから語り始めた。

それによると、遼太郎は、森で歌声を聞いたのだという。

歌を歌っていたのは、女の生首だった。そして、黒く長い髪を揺らしながら、遼太郎に迫って来たらしい。

遼太郎は、その生首から逃げる為に走っていたというわけだ。

だが――。

歳三たちと出会ったとき、遼太郎の周辺に生首は無かった。もしいれば、浮雲が気付いているはずだ。

「それって、あれだろ。お玉ヶ池のお玉なんじゃねぇのか」

遼太郎が話し終えるなり、助六が口を挟んできた。

好奇心が旺盛らしく、目を輝かせながら、近付いて来た。

「そうかもしれませんね」

歳三は相づちを打つ。

この辺りで生首を見たといえば、自《おの》ずとお玉ヶ池の伝承が思い浮かぶ。

「私もその話は耳にしたことがあります。あの辺りでは、女の生首が舞っているとか――」

囁《ささや》くような声で言ったのは、お七だった。

助六だけでなく、お七も話を聞いていたらしい。お七は、すっと立ち上がると、話に加わる為にこちらに寄って来た。

お七が座るとき、ふわっと甘い香りが舞った。

「お七さんも、ご存じでしたか」

歳三が問うと、お七が「ええ」と頷く。

「お玉ヶ池のお玉の話は、拙僧もこの寺に来たとき、聞かされました」

道斎も話に加わってきた。

「何でも、その生首を見た者は、首を食い千切られて死ぬのだとか……」

道斎が声を低くして、そう言い添えた。

「く、首を……」

遼太郎は、自らの首に手を当てながら、震える声で言った。

生首を見ている遼太郎からすれば、それがたとえ噂《うわさ》の類いだとしても、聞き捨てならないだろう。

「はい。何年か前に、生首に首を食い千切られた女の骸《むくろ》が見つかったと聞いています。松《まつ》という名の女だったそうです。それはそれは、無残な死に様だったようで……」

静かに言ったあと道斎は合掌した。

お玉に向けたものか、それとも、首を食い千切られて死んだ松に向けたものだったのか――おそらくは、その両方だろう。

「きっと私が見た生首は、お玉の幽霊です」

「下らん」

遼太郎の言葉を打ち消すように言ったのは、浮雲だった。

興味がない素振りをしつつも、やはり話を聞いていたようだ。

「下らんって……私は、ちゃんとこの目で見たのです」

遼太郎は頑として言ったが、浮雲は動じるでもなく、横になったまま器用に瓢の酒を呑んだ。

「別にお前の見たものを疑っているわけじゃねぇよ。ただ、幽霊を見たくらいで騒ぐなって言ってんだ」

「幽霊を見たら騒ぐでしょう」

「騒がねぇよ。山賊なら騒いで逃げるのも分かるが、幽霊相手に逃げるなんざ、阿呆のやることだ」

「あ、阿呆って……現に松という女が、首を食い千切られているんですよ」

言い募る遼太郎に、浮雲はぶっと噴き出すようにして笑った。

「それこそ阿呆だ」

「だから、阿呆じゃありません」

「じゃあ聞くが、その松って女が殺されるところを、お前は見たのか？」

「見てません。でも、道斎さんが……」

「道斎も見ていない。道斎は、そういう話を聞いたと言っただけだ」

「そ、それは……」

「松という女は、本当にいたのか？　仮にいたとして、本当に幽霊に殺されたのか？」

「……………」

「仮に殺されていたとしても、それは山賊か何かに殺されただけかもしれん。お前のような阿呆が、当て推量であれこれ適当なことを吹聴するから、幽霊に対して間違った思い込みが生まれちまうんだよ」

「今、あなたが言っていることだって、当て推量ではありませんか。そうやって、幽霊の仕業ではないと決めつけてかかることで、誤った考えを生み出しているかもしれない」

　遼太郎の反論を聞き、歳三は妙に感心してしまった。

　浮雲のような男に、こうして筋道立てて自分の考えを主張できるのだから、なかなかに頭の切れる男のようだ。

「天地がひっくり返っても、幽霊の仕業じゃねぇよ」

　浮雲は、ぐいっと瓢の酒を飲み干してから言う。

「ど、どうしてそうだと言い切れるのですか？　見ていないから分からないと言ったのは、あなたではありませんか」

　遼太郎の言い分はもっともだ。

「見ていなくても分かる。生首が人間の首を食い千切るなんてことは、万が一にもあり得ない」

「だから、なぜですか？」

「それが理だからだよ」

「理って……」

遼太郎は、困惑したように眉を顰《ひそ》めた。

幽霊は死んだ人間の名残りのようなもので、直接触れることができない。それが、幽霊を見ることができる浮雲が、自分の経験から導き出した答えだ。

だから、理だと言った。しかし、そのことを知らない遼太郎からしてみれば、逃げ口上だと思うだろう。

何れにしても、このままでは埒《らち》が明かない。

「その生首は歌を歌っていたということですが、どんな歌を歌っていたのですか?」

歳三は、浮雲と遼太郎の口論を止める意味も込めて、別の問いを投げかけた。

「それが、はっきりとは聞き取れなくて……すみません……」

遼太郎は俯きながら答えた。

突然、幽霊と出会《でくわ》したのだ。冷静に観察する余裕がないのは、致し方ない。

「そうですか」

「あの——それは、本当に歌だったのでしょうか」

お七が口を挟んできた。

「え?」

「歌ではないかもしれません。そう聞こえただけで、本当は、何かを訴えていたのかもしれませんよ」

「あり得ますね」

歳三は、お七に同意した。

歌に聞こえただけで、それは何かを訴える言葉だったのかもしれない。むしろ、そっちの方がしっくりくる。

「しかし、そうだとすると、いったい何を訴えていたってんだ？　殺された恨み節ってことかい？」

助六が腕組みをしながら首を傾《かし》げる。

「殺された者というのは、深い憎しみと怒りを抱くものです」

道斎が深いため息とともに言うと、不動明王像に目を向け、さらに言葉を続ける。

「それこそ、不動明王像のように烈火の如《ごと》き怒りです。それは、生半なことで晴らされるものではありません。おそらく、自らを殺した者を地獄に落とすまで、鎮まることはないでしょうな――」

道斎の言わんとしていることは、まさにその通りだと思う。

だが、それを僧侶が口にしてしまうことに、違和を覚えずにはいられなかった。

「いつまで、下らん話をしているつもりだ？　耳障りだ」

離れたところに座っていた武士が、不機嫌さを露《あら》わにしながら声を上げた。

「偉そうに」

浮雲がすぐ様、嚙《か》み付く。

「何か言ったか？」

「いえ。何でもありません」

歳三は、半ばうんざりしながらも仲裁に入った。

武士が嫌いで関わりたくないなら、放っておけばいいものを、余計なことを口にするから軋轢《あつれき》が生まれる。

「皆さん。疲れているでしょう。話はまた今度にして、少し休みましょう」

歳三が浮雲と武士の双方を宥《なだ》めてからそう言うと、お七と助六は、それぞれ自分の居場所に戻って行った。

「すみません。私が余計な話をしたばかりに……」

遼太郎が、申し訳なさそうに口にする。

「いえ。お気になさらず。遼太郎さんも疲れているでしょうし、少し眠った方がいいと思いますよ」

「ありがとうございます。そうさせて頂きます」

遼太郎は、そう言って横になった。それからほどなくして、寝息を立て始めた。

こんなに早く寝入ってしまうとは、心身共に相当に疲れていたのだろう。

「いつまで、この坊ちゃんの面倒を見る気だ？」

浮雲が、むくっと身体を起こしながら、小声で歳三に告げてきた。

「困っているのですから、少し助けるくらい、いいではありませんか。旅は道連れと言いますしね」

「何を呑気《のんき》なことを言ってやがる。どう見ても、訳ありだろ。それも、相当に厄介なものを抱えている」

浮雲が墨で描かれた眼で、眠っている遼太郎を見据えた。

遼太郎が訳ありであることは間違いない。本人は隠しているつもりだが、育ちの良さが滲《にじ》み出ている。頭も切れるし、それなりに剣術も嗜《たしな》んでいることは、立ち姿や手のまめを見れば分かる。

遼太郎というのも、おそらく偽名だろう。

本当の名を名乗ることが、憚《はばか》られるほどの人物というのが、歳三の見立てだった。

そんな人物が、お供も連れず、一人で箱根の峠をうろうろしているのだ。まずい状況から逃げ出している――と考えるのが妥当だ。追っ手が放たれているかもしれない。

このまま、関わっていれば、かなり厄介なことになるだろう。

だが、そうした人物であるのならば、後々、利用できるかもしれない。もう少し、様子を見たいというのが、歳三の本音だった。

「まあ、いいではないですか」

歳三が笑顔で言うと、浮雲はその本心を知ってか知らずか、長いため息を吐き、再び横になってしまった。

歳三は、改めて遼太郎に目を向ける。

さて、この男との関わりが吉と出るか、凶と出るか――それを想像すると、なぜか心が躍った。

五

――あなたは、ここにいてはいけない。

耳許で誰かが囁いた。

ここにいてはいけないとは、いったいどういうことだ？　ふと顔を上げると、そこには一人の女が立っていた。

赤い着物を着た女だった。髪が解けていて、風に揺れている。背中を向けているので、顔を見ることはできなかった。

「あの――」

遼太郎が声をかけると、女はゆっくりとその場を離れていく。

妙な感じだった。歩いているのとは違う。すうっと氷の上を滑るように、ただ女の背中が遠ざかっていく。

「待って下さい」

遼太郎は、すぐに女の背中を追って駆け出した。

だが、近付いた分だけ女の背中が離れていく。いくら足を動かしても、女に近付くことはできない。

「待って！」

もう一度声をかけると、女がこちらに顔を向けた。

物憂げな目をした女だった。

――おや。

遼太郎は、おかしいことに気付いた。

女は身体を動かしていない。背中を向けたままだ。それなのに、どういうわけか、顔だけが真っ直ぐ遼太郎に向けられている。

人間の首は、あんな風には動かない。

それだけではない。女の身体はどんどん遠ざかり、小さくなっているのに、なぜか顔はそこに留まり続けた。

まるで、首と胴体が切り離されているかのように――。

あれは生首だ。お玉の生首に違いない。遼太郎は、逃げようと踵を返したが、次の瞬間、ふっと地面が消えた。


浮遊したように感じて、はっと顔を上げると、そこは寺の本堂だった。

額にびっしょりと汗をかいている。どうやら、悪い夢を見ていたようだ。着物の袖で額を拭い、ふうっと息を吐く。

目頭を指で揉《も》んでから、改めて本堂の中を見回した。

浮雲は床に寝転がり、歳三は壁に寄りかかり、それぞれ眠っている。武士は柱に身体を預けて物思いに耽《ふけ》っているようだった。

お七と助六は姿が見えなかった。

しばらくぼんやりとしていた遼太郎だったが、そのうち尿意をもよおし起き上がった。武士がこちらに顔を向ける。

「ちょっと厠《かわや》に――」

遼太郎は、言い訳がましく口にしつつ本堂を出た。

外はすっかり暗くなっていた。

相変わらず雨は降り続いていて、空気が冷たい。思わずぶるっと身震いする。

さて。本堂を出たものの、厠はいったいどこだろう。予《あらかじ》め道斎に聞いておけば良かった。そうか。道斎はきっと庫裡《くり》にいるだろうから、厠の場所を聞けばいい。最悪、見つからなければ、陰に隠れて放尿するしかない。

遼太郎は首を縮めるようにして、軒下から外に足を踏み出した。そのまま、庫裡のある方に向かおうとしたが、思わず足を止める。

ふふふっ――と耳許で誰かが笑ったからだ。

お七かと思った。だが、どこを見回しても、お七の姿は見当たらない。風の音を笑い声だと勘違いしたのだろう。そう納得させようとしたが駄目だった。

あれは、確かに人の笑い声だった。

怖くなって引き返そうとした遼太郎は、今度は、誰かがじっとこちらを見ているような気がした。

　どこだ？　いったいどこから見られている？

　辺りをきょろきょろと見回していた遼太郎だったが、やがてどこから見られているのかを悟った。

　背後だ——。

　すぐ後ろから、誰かが自分のことを見ている。

　怖い。見てはいけない。頭では分かっているのに、どういうわけか、身体は思いとは別の動きをする。

　ゆっくりと引き寄せられるように、振り返ってしまった。

　驚きで声も出ない。

　そこには、二つの目があった。

　目だけがあった。

　ぎょろりとした二つの目が、遼太郎のことをじっと見据えている。

　黒い瞳に吸い込まれていく気がした。

　不思議と心が穏やかになっていくように思えた。いや、そうではない。そう思わされているだけだ。

　このまま、この目を見続ければ、きっと遼太郎は二度と戻れなくなる。

　遼太郎は「わっ！」と声を上げると、一目散に雨の中を駆け出した。足は痛んだが、そんなことを気にしている余裕はなかった。

足を引き摺《ず》るようにして、走る。

が、すぐに何かに躓《つまず》いて転んでしまった。前のめりに倒れ、泥でべちゃべちゃになった。

痛みがあったが、こんなところで止まっていては、あの目に追いつかれてしまう。遼太郎は、すぐに身体を起こして振り返った。

——あれ？

いつの間にか、あの日は消えていた。

そもそも、遼太郎を追いかけて来てなどいなかったのかもしれない。ほっと胸を撫で下ろし、地面に手を突いたところで、何か硬いものに触れた。

——何だ？

見ると、それは何かの柄だった。

遼太郎はそれを握り持ち上げてみた。刃渡りの長い鉈《なた》だった。ところどころ錆が浮いていて、刃こぼれもある。

どうして、こんなところに鉈が？　誰かが落として、そのままにしてしまったのだろうか？

「貴様！　そこで何をしている？」

急に聞こえてきた声に、遼太郎はびくっと身体を震わせる。

見ると、本堂の軒下に武士が立っていた。腰に差した刀の柄に手をかけ、威嚇するような目をこちらに向けている。

どうして、そんな目で見るんだ？

「何をしているのかと、問うている！」

武士が再び大きな声を上げる。

「え、いや、私は、その、厠に行こうと……」

――あっ。

もう尿意はなくなっていた。それもそのはず、褌《ふんどし》が生暖かく濡《ぬ》れていた。いつの間にか失禁してしまっていたらしい。

「厠だと？　嘘を吐くな。お前が殺したのだろ！」

あの武士は、いったい何を言っているんだ？　何をそんなにいきり立っているんだ？　そもそも、殺すとかいったい何の話だ？

さっぱり分からない。

「あの、私は何も……」

「だったら、その鉈は何だ？」

武士が軒先から出て、雨の中、遼太郎の方に歩み寄って来る。

――鉈？

ああ、そうか。こんな物を持っているから、妙な疑いを受けるのだ。

「こ、これは違うんです。落ちていたものを拾っただけで……」

「拾った鉈で殺したということか？」

「は？」

ただ、鉈を持っていただけで、誰も殺してなどいない。そもそも、誰を殺したと言っているのだ。死体などないではないか――。

遼太郎は、鉈を手放そうとしたところで、思わぬものを見つけてしまった。

それは――。

死体だった。

遼太郎のすぐ脇に、死体が転がっていた。

首と胴体が切断された死体――。

さっき遼太郎が蹴躓いたのは、この死体だったのだろう。

切り離された首が、虚《うつ》ろな目でじっと遼太郎を見ていた。頬が弛緩《しかん》し、半開きになった口からぬらりと舌がはみ出している。

この死体の顔に見覚えがあった。これは助六だ。

「ち、違う。ど、どうして、こんな……」

遼太郎は、近付いて来る武士に慌てて言い訳の言葉を並べる。

「問答無益《もんどうむやく》」

遼太郎のすぐ前まで歩み寄った武士は、刀を抜き、その切っ先を眼前に突きつけた。

雨を弾く切っ先が怪しい光を放っていた。

「本当に違うんです。私は……」

遼太郎は途中から言葉が出なくなってしまった。おそらく、何を言っても、この武士は聞き入れないだろう。

ああ。こんなところで、自分の人生は終わるのか。

死を目前にして、遼太郎の中に生まれたのは恐怖ではなく、まだ生きたいという欲求だった。

遼太郎は、決死の覚悟で素早く立ち上がると、そのまま駆け出そうとした。

だが、最初の一歩を踏み出す前に、どんっと強い衝撃が身体に走り、糸が切れた人形のように再び地面に突っ伏してしまった。

背中が熱い。

きっと、あの武士に斬り付けられたのだろう。意識が段々と遠のいていく。

そんな遼太郎の顔を覗き込む者があった。

さっきの武士かと思ったが、そうではなかった。赤い布に墨で描かれた異様な眼——浮雲だった。

「阿呆な考えを起こしやがって。大人しくしてろ」

浮雲のその言葉を最後に、遼太郎の意識は深い闇の中に墜《お》ちて行った。

……………。

…………。

……。

遼太郎が目を開けると、鬱蒼と生い茂った木々の隙間から、青い空が見えた——。

遼太郎は、身体を動かそうとしたのだが、ぴくりとも動かない。首から下の感覚がまるでなかった。

——どうして動かないんだ?

目を動かすと、自分の身体が見えた。

——あれ?

妙だった。自分の身体がずいぶんと離れたところにある。まるで、首と身体が切り離されて、別々のところにあるかのようだ。

誰かが、こちらに向かって歩いて来る。

小太りの男だった。その男は、口許に薄汚い笑みを浮かべると、唾を吐きかけ、遼太郎の頭を蹴った。

遼太郎の首は、ごろごろと坂道を転げ落ちて行った。


「はっ!」

遼太郎は、落下するような心地を味わいつつ目を覚ました。

さっきのは、夢だったようだ。

嫌な夢だった。

身体中べったりと汗をかいている。

改めて辺りを見回してみる。視界は朧気《おぼろげ》だったが、どうやら寺の本堂にいるらしいことは分かった。蠟燭の薄明かりが揺れている。外は相変わらず強い雨が降っていて、ざあざあと雨粒が弾ける音が響いていた。

額に手を当てようとした遼太郎だったが、腕が上がらなかった。それどころか、ろくに身体を動かすことができない。

遼太郎は後ろ手に縄で縛られた上に、柱にくくりつけられていたのだ。

——あれ？

まだ夢の中にいるのだろうか？　そもそも、何処から夢だったのだ？　考えるほどに分からなくなる。

六

「ど、どうしてこんな……」

喋ろうとしたところで、いきなり口を手で塞がれた。

「しっ。静かに——」

遼太郎の口を手で塞ぎながら、そう囁いてきたのは薬の行商人の歳三だった。

「今は、何も喋らずに意識を失ったふりをして下さい」

歳三は、本堂の柱に縄で縛り付けられている遼太郎の耳許で囁くように言った。

○6○

遼太郎は、顎を僅かに引いて頷き目を閉じた。

相当に混乱しているはずだが、それでも、無闇矢鱈《むやみやたら》に騒がない冷静さを持っているようだ。

「何があったのかは覚えていますか？」

歳三は、周囲に視線を走らせ、本堂に誰もいないことを確認してから、声を潜めたまま訊ねた。

「何となくですが、思い出してきました」

遼太郎が、押し殺した声で答える。

こうやって大人しくしているということは、自分がどうして、こういう状況に置かれているのかを理解している証拠でもある。

「私は殺していません」

遼太郎は俯き、瞼《まぶた》を閉じたまま首を左右に振る。

「分かっています」

歳三が言うと、遼太郎が「え？」と驚きの声を上げた。

「遼太郎さんが、助六を殺していないことは、分かっていますよ」

「で、でも、浮雲さんは、私を……」

遼太郎の言わんとしていることは分かる。

あのとき、浮雲は逃げようとした遼太郎を金剛杖で打ち付け、昏倒《こんとう》させてしまった。遼太郎が下手人だと思えばこその行動だと感じるかもしれない。だが、実際はその逆だ。

「遼太郎さんがあのまま逃げたとしたら、武士に斬られていたでしょう。それを避ける為に、止《や》む無《な》くやったことです」

「そ、そうだったんですか」

「ええ。浮雲という男は、言葉と行動が裏腹なのですよ。憎まれ口を叩いていますが、あれで情に厚いんです」

「そうは見えませんけど……」

「気難しい男なのですよ。今も、遼太郎さんと私が、話ができるように、何だかんだ口実を設けて、本堂から他の者たちを連れ出しているんです」

「本当ですか？」

「ええ。とにかく、今は、ここで意識を失ったふりをしておいて下さい」

「逃げるというわけにはいきませんか？」

遼太郎からしてみれば、このまま縛り付けられているのは、まな板の鯉の心境だ。一刻も早く抜け出したいという気持ちは、分からんでもない。

だが――。

「今、遼太郎さんが逃げたりしたら、それは罪を認めたのと同じです。武士に斬らせる口実を与えてしまうことになります」

「しかし、このままでは……」

「安心して下さい。私たちが、助六を殺した下手人を突き止めます」

歳三が告げると、遼太郎が眉を顰めた。

「どうして、そこまでしてくれるのですか？」

歳三の言葉を、素直に受け取ることができないようだ。

遼太郎が安易に他人を信じないのは、殺人の濡れ衣《ぎぬ》を着せられたという特異な状況だからではなく、その生い立ちによるところが大きいのだろう。

まあ、それを責めることはできない。

歳三とて、何も善意だけで遼太郎を助けようと思っているわけではない。

本人は隠しているつもりのようだが、遼太郎が身分の高い人物であることは間違いない。恩を売ることで、後々、利用できるかもしれないという下心があってのことだ。当然、それをそのまま口にするほど愚かではない。

「見過ごせない——ただ、それだけですよ」

歳三は善人を装いながら、そっと遼太郎の肩に手を置いた。

「私が、下手人だとは思わないのですか？」

「ええ。遼太郎さんは、出会ったばかりの人を殺すような人ではありません」

「私を信じてくれるのですか？」

「はい。それに、実を言うと、私は遼太郎さんが厠に行くとき、起きていたのですよ」

「え？」

「元々、眠りが浅いのです。僅かな物音でも、すぐに目を覚まします。遼太郎さんが、外に出てから、助六さんの死体が見つかるまでが、あまりに早過ぎます」

「なるほど」

「助六さんの死体を検分しましたが、かなり冷たくなっていました。雨のせいもあると思いますが、おそらく助六さんは、遼太郎さんが本堂を出る前に殺されていたと見るのが妥当です」

「でしたら、それを皆さんに説明して頂ければ……」

「私の説明など、誰も信じないでしょうね」

「どうしてですか？」

「遼太郎さんは、私たちの連れであることは、皆が知っています。仲間を庇っていると思われるのがオチです」

状況を冷静に整理すれば、遼太郎が殺していないことは明らかなのだが、誰もがそれで納得してくれるわけではない。

特に、あの武士などは、どんな説明をしようと難癖を付けてくることが目に見えている。

「では、私はどうしたら……」

「取り敢えず、私たちが下手人を炙《あぶ》り出すまで、ここで我慢していて下さい」

遼太郎は、何か言おうと口を開きかけたものの、途中でそれを呑み込んだ。考えた末に、歳三の指示に従うしかないと理解したのだろう。

やはり、自分を律することができる男のようだ。

「もうしばらくの辛抱です」

歳三がそう言うと、遼太郎は「お願いします」と頭を下げた。

「お任せ下さい」

歳三は、そう告げて立ち上がる。

ちょうどそこで本堂の戸が開き、浮雲が顔を出し、こっちに来いという風に合図をしてきた。

歳三は、歩みを進め、浮雲と一緒に本堂の外に出た。

雨は相変わらず降り続いている。

「どうです。何か分かりましたか？」

歳三が訊ねると、浮雲は「偉そうに」とぼやきながら舌打ちをした。

浮雲は、遼太郎から全員を引き離す他に、もう一つ役割があった。助六の死体が発見される前後の、それぞれの行動を確認することだ。

「結論から言えば、全員、助六を殺すことは可能だった」

浮雲が、ぼさぼさの髪を苛立《いらだ》たしげに掻《か》き回す。

「それはまた、難儀ですね」

「ああ。あのとき、お七も道斎も本堂にいなかったからな。お七は、息抜きに少し外に出ただけだと言うし、道斎も庫裡で休んでいたとのたまいやがった」

「どちらも、証はないということですね」

「ああ」

「あの武士だけは、無関係ということになりますね」

歳三が言うと、浮雲は舌打ちを返してきた。

「お前、分かってて言ってるだろ」

「はて？　何のことでしょう？」

「わざとらしい。あの武士は、遼太郎が厠に向かったときは、本堂にいたが、その前は外に出ていた。お七と同じ息抜きだと言っているが、助六を殺すことはできた」

浮雲の言う通りだ。

助六が本堂を出たあと、それを追いかけるように息抜きだと本堂を出たのが、あの武士だった。助六を殺して、何食わぬ顔で戻って来て、遼太郎に罪をなすりつけようとしている――と考えることができる。

「しかし、あの武士が殺したのだとすると、得物は刀ではありませんか？」

歳三が言うと、浮雲はより一層、険しい顔になった。

「お前は、どうしていつも、そう試すようなことを言いやがる」

「ばれましたか」

「当たり前だ。武士が刀で斬り殺したのだとしたら、自分でやったと名乗っているようなものだ。最初から、遼太郎に罪をなすりつけるつもりなら尚《なお》のこと、刀は使わない」

「ですね――」

「まったく」

「しかし、全員に殺すことが可能だったとすると、少しばかり厄介ですね」

歳三が言うと、浮雲はにたっと口許に笑みを浮かべた。

「そうでもねぇさ」

「というと」

「動機から探れば、見えてくることもあるだろうよ」

浮雲は、ちらっと本堂の方に墨で描かれた眼を向ける。それだけで、歳三は浮雲が何を言わんとしているのかを理解した。

なるほど。下手人が誰なのか分かっているのであれば、後は特にやることはない。ただ、待つだけで充分というわけだ。

七

——いったい誰が助六を殺したのか？

遼太郎の頭の中は、その問いかけがぐるぐると回っていた。

歳三は、下手人を見つけ出してくれると言っていたが、それにおんぶに抱っこというわけにはいかない。

何せ、自分の命がかかっているのだ。

動かずとも、考えることはできる。そこから、何か糸口が摑めれば、それに越したことはない。

遼太郎が目を覚ましたとき、浮雲と歳三も眠っていた。

いや、さっきの話ではそう見えただけで、起きていたらしい。いずれにせよ、本堂にいたのは間違いない。

あのとき、他に本堂にいたのは武士だけだった。

そうなると、本堂にいなかったお七が怪しいということになる。お七のような若い女が、あんな残酷な方法で人を殺すとは思えないが、他に助六を殺すことができた人間がいないのも事実だ。

——いや、本当にそうか？

さっき歳三は、助六が殺されたのは、遼太郎が本堂を出る前であることを示唆していた。

その考えが正しいのだとすると、あの武士が下手人ということになる。

武士は、自分が下手人だとばれる前に、遼太郎に罪をなすりつけようとした——という論が成り立つ。

——いや。待てよ。

ここで遼太郎は別のことを考えついてしまった。

同じことが歳三と浮雲にも言えるのではないか？　彼らは最初から助六を殺そうと企《たくら》んでいた。そこで、偶然を装い遼太郎と行動を共にし、濡れ衣を着せた。

下手人を捜すと言っていたが、その言葉をまともに信じていいものだろうか？　もしかしたら、こちらを油断させ、隙を見て遼太郎を殺すつもりなのかもしれない。

根拠があるわけではないが、あの二人には、そう思わせるだけの怪しさが付き纏っている気がする。

「遼太郎様」

急に耳許で囁く声がした。

お七の声だった。危うく顔を上げそうになったが、何とか堪えた。気を失ったふりを続けなければ、色々と探られることになる。

遼太郎は目を閉じたまま、じっとしていた。

諦めて立ち去ると思っていたのだが、お七の気配はそこに留まり続けた。

やがて、首筋に冷たい何かが触れる。

「ひっ」

遼太郎は思わず声を上げてしまった。

お七が目を細めながら、じっと遼太郎を見ている。

「やはり、起きていましたね」

「…………」

気を失ったふりに戻ろうとしたが、今さら手遅れだ。遼太郎は顔を上げてお七を見てしまったのだ。

「安心して下さい。本堂にいるのは、私と遼太郎様だけです」

お七が言った通り、本堂の中に他の人の姿はなかった。

どうやらお七は、二人だけになるのを見計らって声をかけてきたようだ。それが何のためなのか遼太郎には分からない。

「あ、あの……」

「遼太郎様に、峠での恩を、ここで返させて下さい」

「返す？」

遼太郎が訊ねると、お七は遼太郎の背後に回り込み、ごそごそと何かをしている。

――いったい何をしているのだ？

「縄に少し切れ目を入れておきました。これで、逃げることができるはずです」

遼太郎の心の問いに答えるように、お七が耳許で囁いた。

――え？

「良いのですか？　私が下手人かもしれないのですよ」

遼太郎が言うと、お七はふっと息を漏らすように笑った。

「遼太郎様は、人を殺すような方ではありません。そのことは、私がよく知っています」

「そ、それはどういうことですか？」

まるで、以前から遼太郎のことを知っていたかのような口ぶりだ。

「見ず知らずの私を、山賊から助けて下さいました」

「あれは、偶々《たまたま》……」

「私に会ったのは、偶々だったのでしょう。でも、そこで助けるという選択をしたのは、遼太郎様ではありませんか」

「…………」

「こんな時代です。見て見ぬふりもできました。でも、遼太郎様は、そうしなかった」

「当たり前のことをしたまでです」

「いいえ。ほとんどの人は、あなたのように考えることはできないのです。親ですら、我が身かわいさに自分の子を見捨てるのが、世の中というものです」

「そんなこと……」

「私がそうでした」

「え？」

「私は、親に捨てられたのです。だから、こんな風にしか生きられなかった」

お七が、僅かに目を伏せた。

沈黙が流れた。

ふと目を向けると、左の腕に黒い痣《あざ》のようなものがあるのが見えた。遼太郎の視線に気付いたのか、お七は慌てて袖を下ろして腕を隠した。

「怪我をされているのですか？」

「いいえ。違います。これは、呪縛です」

「呪縛？」

「はい。私を縛り続ける呪縛です」

「それは、いったい……」

何をどう口にすればいいのか分からず、遼太郎は押し黙ってしまった。

「余計なことを話してしまいましたね。とにかく、誰もいなくなったのを見計らってから、ここを出て下さい。寺を出たら、その先に池があります。そこで落ち合いましょう」

お七が、気を取り直すように言う。

「で、でも……」

「詳しい話は、落ち合ったときに――」

そう言い残すと、お七はふっと遼太郎の許を離れ、本堂を出て行ってしまった。

また、本堂が静寂に包まれた。

お七は、縄に切れ目を入れておいたと言ったが、それは本当だろうか？　後ろ手に縛られた手首を引き離すように力を入れると、ぶちぶちっと縄が切れる音がした。

これなら、上手く縄から抜け出せそうだ。

歳三からは、ここを動くなと指示をされている。遼太郎の無実を証明する為に、奔走してくれているようだが、それを信じていいのだろうか？　もし、失敗すれば殺されることになる。それより、せっかくお七が手引きしてくれたのだから、それに従って逃げる方が得策な気がする。

散々、考えた挙げ句、遼太郎はここから逃げようと決意を固めた。誰も信用はできないからこそ、逃げられるときに、逃げておかなければ、取り返しがつかないことになる。

遼太郎が何とか縄を切り、立ち上がろうとしたところで、ふっと背後に気配を感じた。

――誰かに見つかった！

はっと身体を引き攣《つ》らせながら振り返る。

が――。

そこには誰もいなかった。代わりに、不動明王像が鎮座していた。

埃を被った不動明王像は、ぎろりと目を剝いた憤怒の表情を遼太郎に向けている。

――気にすることじゃない。

遼太郎は自分に言い聞かせる。仏像に見られていたところで、どうということはない。そう思っているはずなのに、妙に心が騒いだ。

降り続く雨の音が、どんどん大きくなり、まるで遼太郎を吞み込んでしまうかのようだった。

「そんなはずない」

遼太郎は、打ち消しつつ立ち上がった。

そのまま歩き出そうとしたところで、蠟燭の小さな火が大きく揺らいだ。

そして、ふっと消えてしまった。

本堂の中が深い闇に包まれる。ここは、こんなに暗かっただろうか？

背筋がぞくっと震える。

嫌な感じがしたが、ここで呆《ほう》けて突っ立っているわけにもいかない。遼太郎は意を決して歩き出そうとしたが、それを遮るように目の前に何かが立ち塞がった。

暗くて何も見えない。

それでも、すぐ目の前に何かがいる気配がある。

浮雲や歳三、僧侶の道斎あたりであれば、懇願すれば見逃してくれるかもしれないが、あの武士であったなら、問答無益に斬り捨てられてしまうだろう。

「あ、あの……」

遼太郎の言葉を遮るように、ふーしゅりゅっと音がした。

隙間風が鳴ったのかと思ったがそうではない。

ふーしゅりゅ。

これは、人の息遣いだ。それが証拠に、生温い風が遼太郎の顔に当たった。

嫌な臭いがした。

まるで、血肉が腐ったような強烈な臭い。

思わず顔を背けようとした遼太郎だったが、どういうわけか首の筋肉が硬直して動かなかった。

さっきまで、真っ暗で何も見えなかった。そのはずなのに——。

二つの目が遼太郎を睨んでいた。

充血し、赤くなった目が真っ直ぐに遼太郎を見据える。

——嫌だ。

声が出なかった。逃げたくても、身体が少しも動かない。

——見たくない。

目を閉じようとしたのに、瞼を下ろすこともできなかった。息が、息が詰まる。額から流れ出た汗が頬を伝い、顎の先からぽたりと落ちた。

遼太郎の前にあるのは目だけではなかった。次第に鼻が、そして口が現われ、輪郭が浮かび上がる。

そして黒く長い髪が――。

遼太郎の眼前には、森の中で見た生首が浮いていた。

逃げたはずだったのに、ついて来たというのか？　どうして？　何で私に？　私は何もしていないのに。

――く、来るな！

遼太郎は強く念じたが、それを嘲笑うように黒い髪がするすると伸びて来る。蛸《たこ》の足のように、うねうねと伸びて来て遼太郎の首に巻き付いていく。

悲鳴を上げたはずだが、声にはならなかった。

目の前がどんどん暗くなっていく。

ああ。何だかとても、哀しい。

涙が溢《あふ》れ出てくる。

…………………。

…………。

……。

遼太郎は、はっと目を覚ました。

なぜだか頭がぼんやりする。後頭部が痺れているような妙な感じだった。

顔が、身体が、びしょびしょに濡れていた。

どういうわけか遼太郎は、草むらの中で仰向けに寝そべっていた。

さっきまで、寺の本堂にいたはずなのに、どうしてこんなところに？　思いを巡らせた遼太郎の脳裏に、宙を漂う生首が浮かんだ。

じっと遼太郎を見つめる恨めしげな目――。

ぞくっとすると同時に、何があったのかをいちどきに思い出した。寺の本堂で遭遇したあの生首。長い髪に搦《から》め捕られ、遼太郎は気を失った。

そのはずなのに、どうして草むらに寝そべっているのだろうか？

遼太郎は、困惑しながら手を突いて起き上がろうとした。

だが――。

そのとき、掌に何かが触れた。

冷たく、硬い何か――。

目を向けた遼太郎は、ぎょっとなった。

遼太郎のすぐ傍らに男が倒れていた。それが骸であることはすぐに分かった。なぜなら、首と胴体が切り離されていたからだ。

半分口を開け、両目をかっと見開いた恐怖の表情のまま固まっていた。本堂にいた誰かかと思ったが、そうではなかった。

山賊の格好をした男だった。見覚えのある顔。峠で、お七に絡んでいた男だ。

――こ、これはいったいどういうことだ？

遼太郎は、あまりのことに混乱して、声を出すことすらできなかった。

――とにかく逃げなければ。

這うようにして、その場から離れようとしたのだが、何かが遼太郎の前に立ち塞がった。

顔を上げると、そこにはあの武士が立っていた。

「達二郎《たつじろう》を殺したのはお前か？」

武士が憤怒の表情を浮かべたまま遼太郎に問う。

――ち、違う。

返答しようとしたのに、喉が引き攣って声が出なかった。そもそも、達二郎とはいったい誰だ？

「答えろ。達二郎はお前が殺したのか？」

武士が首を斬られて倒れている男に、ちらっと目を向けたあと、さらに遼太郎に詰め寄って来る。

達二郎というのは、この山賊のことか？　どうして、武士であるはずのこの男が、山賊と旧知の仲であるかのような物言いをするのか？

分からないことが多過ぎて、頭は混乱する。

「ち、ち……」

何か言わなければと思うほどに焦りが増し、どうしても言葉が出てこない。

「この場で叩き斬ってやる」

武士が鞘《さや》から刀を引き抜いた。

――もう駄目だ。

死を覚悟した遼太郎は、身を硬くして目を閉じた。

見ず知らずの場所で、武士に濡れ衣を着せられて斬り捨てられる。何と情けない幕切れだろう。

――嫌だ！

諦めたはずだったのに、遼太郎の心の内に生きたいという願望が生まれた。

こんなところで、死んでいいはずがない。まだ、何も分かっていないというのに――。

生きたいと思うと、不思議と肝が据わった。

遼太郎は丸腰で、武士は刀を持っている。普通に考えれば勝ち目はない。

だが――。

武士は感情的になっているせいか、構えが固い。足の位置がよくないし、脇も締まっていない。握りも雑だ。

遼太郎は、隙を見て武士に突進した。

一気に距離を詰めて間合いを潰してしまえば、相手が刀を持っていたとしても、制することはできる。

「き、貴様！」

武士は、組み付いてきた遼太郎を引き離そうと暴れるが、刀を持っていることが災いして、上手く対処できないでいる。

遼太郎は、しがみついたまま、自分の足を武士の足に絡ませて押し倒す。

もつれ合うようにして、地面に倒れ込んだ。

そのまま、馬乗りになって武士を制しようとしたが、凄《すご》い力で撥《は》ね除《の》けられてしまった。

技は荒いが、さすがの胆力だ。

遼太郎が立ち上がるのに合わせて、武士も立ち上がった。

武士は、鋭い視線で遼太郎を睨みながら刀を構える。こうなると、さっきのように、簡単に間合いを詰めさせてはくれないだろう。

遼太郎は、立ち上がるときに握った泥を、武士に向かって投げつける。

泥を受けた武士は、「うっ」と呻きながら顔を押さえた。

遼太郎は、すぐに踵を返すと、そのまま脱兎《だっと》の如く駆け出した。

枝を掻き分けるようにして、道なき道を駆ける。

どこに向かっているのか、遼太郎自身分からなかった。そもそも、ここがどこなのかすら判然としない。

それでも――足を止めることなく遼太郎は走り続けた。

「待て！　逃がすか！」

後ろから武士の声が追いかけて来た。

その声は、どんどんと近付いて来るような気がする。このままでは追いつかれてしまう。何とか逃げ切らなければ。

やがて、森が開けてきた。もしかしたら、寺に戻って来たのかもしれない。寺に歳三や浮雲がいれば助けてもらえる。心に芽生えた僅かな安堵《あんど》が足を掬《すく》った。

足が絡まり、前のめりに倒れてしまった。

「もう逃げられんぞ」

武士が息を切らしながら言う。

遼太郎が振り返ると、武士が上段に構えていた。

――殺される。

そう思った矢先、武士の背後に、すうっと人影が浮かび上がった。

赤い艶《あで》やかな着物を着た女だった。結わずに解けた髪が、波に揺れる海藻のように蠢《うごめ》いている。

女が、口許に微かに笑みを浮かべながら、遼太郎に目を向けた。

血走ったその目に、遼太郎は覚えがあった。

あの女だ――。

森で、そしてさっき本堂で遼太郎に迫って来た、あの生首の女――。

「わぁ！　く、来るな！」

遼太郎は堪らず叫んだ。

どうして、こんなときにまで生首に追われなければならないのか。もしかしたら、助六を殺したのは、この生首の女なのかもしれない。

助六だけではない。森に倒れていた山賊も、この生首の女の手にかかったに違いない。そして、今度は遼太郎を手にかけようとしている。

或いは、武士が執拗《しつよう》に遼太郎を斬ろうとしているのは、生首の女に操られているからなのかもしれない。

そう考えると、これまでの訳の分からない出来事に筋道が立ったように感じられる。同時に、心の内に諦めが広がっていく。

ああ――やっぱり死ぬのだ。

森に迷い込み、生首に出会った瞬間から、遼太郎は死ぬ運命だったのかもしれない。

刀を振り上げている武士の背後には、髪を振り乱した女の生首があった。

黒く長い髪は、風に揺られながら武士の腕に、そして首に絡みついていく。まるで、武士と一体化しているようだった。

やはりそうだ。

生首の女は、この武士に取り憑いているのだ。そうやって、二人の人間の首を斬り落として殺したに違いない。

そして――。

今度は遼太郎が殺される番だ。

相手が人ならざるものなのだとすると、もう逃げ道がない。このまま殺されるのだろう。

死を覚悟して身を硬くしたが、一向に刀が振り下ろされる気配はなかった。

気付くと生首の女の髪が、武士の顔全体を黒く覆っていた。武士は、「ぐぅぅ」と呻きながら、顔の髪を剝がそうともがいている。

が、やがてどさっとその場に頽《くずお》れてしまった。

――何だ？　何が起きているんだ？

武士は生首に取り殺されたとでもいうのだろうか。いや、だが、そんなはずはない。あの生首は、遼太郎の首を斬ろうとしていたはずだ。

だから――。

「遼太郎さん。こんなところにいたのですね。姿が見えないので心配しました」

急に聞こえてきた声に、遼太郎はビクッと身体を震わせる。

目を向けると、遼太郎のすぐ傍らに道斎の姿があった。辺りの様子が分かっていないのか、穏やかな笑みを浮かべている。

「あ、あれ――」

遼太郎は、慌てて前方を指差した。

だが、そのときにはもう、生首は見えなくなっていた。

「ああ。あの武士ですか。どうして、あんなところに倒れているのですか？」

道斎が困ったように眉を顰めながら言う。

何が起きたのか分かっていないのだ。そういう言い方になるのも致し方ない。体験した遼太郎自身がよく分かっていないのだ。それでも、知り得た範囲で道斎に何があったのかを話して聞かせた。

「そうですか。そんなことが……」

話を聞き終えた道斎は、武士の許まで歩み寄り、その様子を検める。

「大丈夫です。まだ死んでいないようです。良かった」

そう言って道斎は微笑《ほほえ》みを浮かべる。

それは、微笑みに違いないのだが、寺にいたときのような品位はなく、酷く歪《ゆが》んだものだった。

嫌な感じがして、遼太郎の胸がざわっと揺れた。

「あ、あの、それって、どういう……」

遼太郎が問うと、道斎の笑みはより一層大きく歪んだ。

「いえね。私自身の手で――と思っていたものですから。本当に良かった」

道斎が赤い舌でぬらりと自らの唇を舐《な》める。

そして――。

いつの間にか、道斎の手には錆《さ》びた鉈が握られていた。あれは、助六の骸の傍らに放置されていた鉈だ。

「な、何をするつもりですか？」

遼太郎が訊ねると、道斎は冷え切った眼差《まなざ》しを向けてきた。

「簡単なことですよ。この男には、報いを受けてもらうのです」

「む、報い？」

「ええ。己の犯した罪に対する報いです――」

そう言うなり、道斎は鉈を振り上げた。

言葉にしなくても、道斎が武士を殺すつもりであることは分かった。

遼太郎の脳裏に、生首の女の顔が浮かんだ。なぜ、この瞬間に、あの女の顔なのか判然としない。だが、浮かんでしまったのだ。

憎しみに満ち溢れ、血走った目で遼太郎を見据えていたあの目——いや、本当にそうだったのか？　あれは、本当に憎しみだったのだろうか？

その疑いを抱くのと同時に、遼太郎の視界に、見たことのない光景が浮かんだ。深い森の中、男に手を引かれながら歩いている。

風が心地いい。温かく、幸せな想いに包まれて気分が高揚する。

手を引いてくれていた男が、僅かに振り返る。糸のように細い目は、慈愛に満ちていた。その男の顔が、どういうわけか目の前にいる道斎と重なった。

「や、止めて下さい」

遼太郎は、気付いたときには、鉈を振り上げた道斎の腕にしがみついていた。

「は、離せ！」

道斎が、遼太郎を振り払おうと腕を揺する。

遼太郎は必死だった。なぜかは判然としないが、道斎を止めなければいけないという気がした。

頭の中で生首の女がちらつく。

「もう、止めて下さい。こんなこと、お松さんだって望んでいないんです」

遼太郎は叫ぶ。

どうして、お松という名前を口にしたのか自分でもよく分からなかった。

「どけ！　お前にお松の何が分かる！」

道斎が怒声を上げる。

もの凄い力で突き放され、遼太郎はついに道斎の腕を離してしまった。勢い余って仰向けに倒れ込んでしまう。

「邪魔をするなら、お前も死ね！」

道斎が憤怒の表情で遼太郎に迫る。まるで、不動明王のようだ。この怒りは、何人たりとも止められないのだろう。

遼太郎はそれを悟るのと同時に、自らの死を覚悟した——。

八

「もう、その辺にしておいたらどうですか？」

歳三は、鉈を振り上げた道斎に向かって声をかけた。

動きを止めた道斎は、怪訝《けげん》な表情を浮かべながら、歳三の方を見た。

遼太郎もまた、驚きの表情を浮かべている。

「ど、どうして土方さんがここに？」

絞り出すように、遼太郎が言った。

これだけの状況にありながら、完全に我を失うことなく、言葉を発することができるのだから、大したものだ。

「簡単なことです。私たちは、本堂を離れるふりをして、ずっと遼太郎さんの動きを追いかけていたのですよ」

遼太郎と別れたあと、浮雲と示し合わせ、本堂の陰に隠れてずっと様子を窺っていた。助六を殺した下手人が動きを見せると踏んでいたからだ。

「たち——というのは、どういうことですか？」

遼太郎が訊ねてきた。

「おれも一緒だ」

そう言いながら、木の陰から浮雲が姿を現わした。

「み、見ていたなら、どうして今まで黙っていたのですか？」

遼太郎が不満を口にする。

それについては、申し訳ないことをしたと思っている。道斎が下手人だということは分かっていたが証がない。本性を現すのを、待つ必要があったのだ。

ただ、こちらが手を出すまでもなく、遼太郎が自分で状況を打破していたので、助ける必要がなかったというのもある。

「お前を餌にしたんだよ」

浮雲が、ふんっと鼻を鳴らしながら言う。

この男は、どうしてこうも憎まれ口ばかり叩くのだろう。遼太郎が危機に晒《さら》される度に、やきもきしていた癖に。

「何をごちゃごちゃと言っている。お前らには、関わり合いのないことだ」

ずぶ濡れになり、言葉を口にする道斎には、最初に会ったときのような温厚さはない。

その目に怒りを滾《たぎ》らせ、さながら不動明王のようだった。

「お前が憎しみをぶつけたところで、帰ってくるものなど何もない」

浮雲がずいっと歩み出る。

墨で描かれた眼が、真っ直ぐに道斎を射貫く。

「お前に私の苦しみが分かるものか」

道斎が唸るように声を上げる。

血走った目には、既に遼太郎の姿など映っていない。強烈な敵意を浮雲に向けている。

「そうだな。憎しみにかられ、己を見失うような情けない男の気持ちなんざ、おれには皆目見当がつかん」

「だったら口を出すな」

「そういうわけにもいかん。おれは、頼まれたからな。お松に——」

浮雲が、持っていた金剛杖で地面を突いた。

そんなはずないのに、まるで大地が揺れたような気がした。

「お前のような男が、お松の名を騙《かた》るな」

そう呟いた道斎の目が揺れる。

「もう、こんなことは終わりにしろ」

「うるさい！　黙れ！」

道斎は激昂すると、鉈を振り上げて浮雲に襲いかかって来た。

歳三は素早く仕込み刀である傘の柄に手をかけ、道斎を斬り捨てようとしたが、「止せ！」と浮雲に突き飛ばされた。

浮雲は、その動きのせいで道斎の鉈を避け損ない、左腕を斬り付けられた。

自分を殺そうとした男を庇って傷を負うとは、本当にけったいな男だと呆れてしまう。

だが――。

この男のそういうところを、あながち嫌いでもない。

「邪魔をするなら、お前ら全員、殺してやる」

道斎が、尚も鉈を振り上げて襲いかかろうとする。

このまま暴れられたのでは、埒が明かない。歳三は、再び傘の柄に手をかけた。

「止せと言っているだろ」

浮雲がすかさず言う。

「大丈夫です。抜きはしませんよ」

歳三は、道斎が振り回す鉈をひらりと躱し、傘の先端で道斎の鳩尾《みぞおち》を突いた。

「うっ……」

道斎は短い呻き声を上げたあと、崩れるように前のめりに倒れた。

「こ、殺したのですか？」

遼太郎が青い顔をしながら訊ねてくる。

「大丈夫ですよ。気を失っているだけですから」

歳三が答えると、遼太郎は、ほっとしたように顔の筋肉を弛緩させた。

さっきまで自分を殺そうとしていた男の無事を確認して、安堵するとは、遼太郎も浮雲と同類のようだ。

「あ、あの……これは、いったいどういうことなのですか？」

遼太郎が訊ねてきた。

てっきり浮雲が説明すると思っていたのだが、面倒だと感じたのか、そっぽを向いたまま何も言わない。

「私たちは、道斎さんが怪しいと睨んでいました。それで、本堂を離れたふりをして、様子を窺うことにしたんですよ」

仕方なく、歳三が説明をすることになった。

「それは、道斎さんが助六さん殺しの下手人ということですか？」

「ええ」

「どうして、僧侶である道斎さんがそのようなことを？」

「道斎さんは、僧侶ではありませんよ」

「え？」

「遼太郎さんは、寺の有り様を見て、不自然さを感じませんでしたか？」

「どういうことですか？」

「元々、廃寺だったのを復興したという話でしたよね」

「はい」

「庭や建物は掃除して綺麗にしてあったのに、本堂にあった不動明王像は埃を被ったままでした。寺を復興するなら、真っ先に掃除をするのはご本尊のはずです」

歳三の説明で得心したらしく、遼太郎が「そうか」と声を上げた。

「しかし、どうして、僧侶になりすまして、廃寺を復興させる必要があったのですか？」

遼太郎が訊ねてくる。

その疑問は当然だ。だが、この先は歳三より浮雲が話した方がいい。肘で小突くと、浮雲は嫌そうにしながらも口を開く。

「道斎が語っていた話を覚えているか？」

「どの話ですか？」

「生首に首を食い千切られて死んだ、お松って女の話だ」

「はい。そういえば、そんな話をしていました」

「あれは、道斎の作り話で、お松を殺したのは、生首じゃない」

「え？」

「ここからは、推量も交じるが、お松って女には夫がいた。二人で箱根の峠を越えようとしたとき、山賊に襲われ、お松は無残にも首を斬られて殺された。そして、夫だけが生き残った」

「その話と、道斎さんがどう関係するのですか？」

「だからさ。おそらく、道斎はそのとき生き残ったお松の夫なのさ」

「なっ！」

遼太郎が、驚愕《きょうがく》の声を上げた。

「道斎は、そのときの山賊に復讐するために、廃寺だった寺に住みつき、その機会を窺っていたというわけだ。いや、少し違うな。あの寺は、山賊の隠れ家だった。道斎はそれを知っていたのさ。やがて、山賊たちがこの場所にやって来ることが分かっていた。だから僧侶のふりをして待ち伏せしていたのさ」

「そ、それは本当ですか？」

遼太郎には、信じられないらしく、歳三に顔を向けた。

「ええ。おそらく」

歳三は、小さく頷きながら答えた。

道斎が、生首の話を聞いてお松の話をしたのは、山賊たちに揺さぶりをかける為だった。そうやって、山賊たちが一人になるのを見計らって、殺していたのだろう。

森の中で首を斬られて死んでいた男も、また山賊だった。死体の状況から見て、助六より前に殺されている。

一人殺して、死体を林の中に隠すことで、仲間を待つ山賊たちの足止めをするという意味もあったはずだ。

助六の死体も、同じように隠そうとしたのだが、そうする前に遼太郎が姿を現わしたことで、放置せざるを得なくなった。

遼太郎に嫌疑が向いたことを幸いに、さらに復讐を続けようとしていたというわけだ。

「まさか、道斎さんが身分を偽っていたとは……」

遼太郎が苦しそうに呟いた。

それを見た浮雲が、鼻を鳴らして笑う。

「身分を偽っていたのは、道斎だけじゃねぇ。他の連中も全員、身分を偽っていた」

「そ、そうなんですか？」

「ああ。助六は商人だと言っている割に、商いの話はまったくしなかったし、何より荷物が少ない」

「確かに」

助六が何を売っているのかは、ひと言も言わなかった。あれだけ喋る男なのだから、売り込みの一つくらいあっても良さそうなものだが、それが無かった。

助六が商人でないことは、最初から分かっていたことだ。

「そこに転がっている男にしたってそうだ。格好は武士だが、刀の抜き方から何から、全然作法

「そうですね。それは、気付きました。つまり、助六さんも、そこで倒れている男も、山賊だったというわけですね」

遼太郎が、呟くように言った。

「そうだ」

「では、私が見た生首の幽霊は……」

「お松だろうな」

浮雲が答えるのと同時に、倒れていた男が息を吹き返したらしく、ゆらりと立ち上がった。

刀を手に持ち、呼吸を荒くしながら血走った目をこちらに向けている。

「話は聞いていただろ。お前は山賊として、お縄にかかってもらう」

浮雲の言葉に、男は少しも動じていなかった。

「冗談じゃねぇ。お前ら全員、殺せば終《しま》いだ」

男はそう言うと刀を構えた。

歳三は、傘を手にして、すっと男の前に歩み出る。

「歳。殺すなよ」

浮雲が声をかけてくる。

「分かっていますよ」

歳三は、ため息交じりに答えた。

山賊風情の命など、どうでもいいと思うのだが、相手が誰であれ、その命を尊重するのが浮雲という男だ。

「覚悟しろよ」

男が刀を上段に構える。

本当に愚かとしか言いようがない。

「こんな場所で、そんな風に刀を持ってはいけませんね」

「黙れ！」

「痛い目に遭いたくなければ、大人しくお縄にかかることです」

「薬屋風情が偉そうに！　叩き斬ってやる！」

男が吠える。

しかし、ただ声が大きいだけで、迫力は微塵《みじん》もない。

「そうですか。どうしてもと仰《おっしゃ》るなら、私は止めはしませんよ」

「ならば死ね！」

男が歳三に向かって斬りかかって来る。

歳三は避けることはしなかった。その必要がないからだ。

案の定、刀は歳三に届くことなく、木に当たったばかりか、そこから刀が抜けなくなってしまっていた。

男は、慌てた様子で刀を木から抜こうとしているが、なかなか上手くいかない。

──つまらないな。

「だから言ったでしょ。こんな場所で、そんな風に刀を持ってはいけない──と」

歳三は、男に向かって歩み寄って行く。

「くそっ！　くそっ！」

男は、木から刀を引き抜こうと必死に足掻《あが》いている。ここまでくると、滑稽としか言いようがない。

「こういうときは、早々に武器を諦めるべきです。執着しているから、無様を晒すのです」

歳三は、そう言うと男の髪を無造作に摑んで頭を木にぶつけた。

ゴンッという鈍い音とともに、男は昏倒してしまった。

九

目の前で繰り広げられた状況を見て、遼太郎はただ呆気に取られるばかりだった。

「あなたたちは、いったい……」

「ただの薬の行商人ですよ」

遼太郎の言葉に、歳三は笑みを浮かべながら答えたが、それをそのまま信じる気にはなれなかった。

今の立ち回りを見る限り、歳三が相当な手練れであることは間違いない。

「で、でも……」

遼太郎がさらに言葉を重ねようとしたが、浮雲がそれを制した。

「話は後だ。それより、まずは、こいつの憑きものを落とさないとな」

浮雲は、倒れている道斎の許に歩み寄り、「起きろ」と容赦なくその頬を平手打ちする。

道斎が「うぅ」と小さく唸りながら瞼を開けた。

しばらく、焦点の合わない目で辺りを見回していた道斎だったが、ふっとこれまでのことを思い出したのか、浮雲に飛びかかろうとする。

だが、浮雲はひらりと身を躱《かわ》す。

「もう止めておけ。お前が暴れたところで、お松は戻っちゃ来ねぇ」

「だ、黙れ！　お松の恨みは、おれが晴らす！　邪魔をするな！」

道斎は相変わらず血走った目をしている。

怒りに支配され、我を失っているのだろう。

「お松は、そんなことは望んじゃいねぇよ」

「お前に何が分かる？」

「分かるさ。まあ、本当の意味で分かるのは、こいつだがな」

浮雲はそう言うと、墨で描かれた眼で遼太郎を見据えた。

――え？

何を言っているのだ？　遼太郎などに、会ったこともないお松の気持ちが分かるはずがない。

遼太郎がそのことを言い募ると、浮雲はにたっと笑みを浮かべた。

「分かるさ。お松は、ずっとお前に憑いていたからな」

「憑いていた？」

「そうだ。森にいたときから、ずっとお松はお前に憑いている」

「なっ！」

遼太郎は、驚きの声を上げげつつ振り返ったりしてみるが、何も見えない。

「何だ。分かってねぇのか」

「分かるも何も、嘘ですよね？」

「嘘じゃねぇ。お前は、幽霊に憑かれ易いんだよ」

「ど、どうして、そんなことが分かるのですか？」

遼太郎が問うと、浮雲は苛立たしげに、ぼさぼさの髪を掻き回した。

「理屈なんてのはどうだっていい。分かるものは、分かるんだよ。今も、お松はお前に憑いている」

「そんな……」

「お前も分かってるはずだ。お松を感じていただろう？」

浮雲に問われて、遼太郎は「ああ」と腑に落ちる。

確かに、そうしたものはあった。

脳裏に見たこともない光景が浮かんでいた。不可解ではあったが、お松に憑かれていたからだと考えれば、腑に落ちる部分がある。

それに、心臓を締め付けられるような痛みとともに、何ともいえない哀しい気持ちになったりもした。

あれも、きっとお松の感情だったのだろう。

そうか。お松は、何も恨《うら》み辛《つら》みを抱えて、彷徨っていたのではない。お松が抱えていたのは、喩《たと》えようのない哀しみだ。

それは、死んだことに対するものというより、もっと別のものであった気がする。

「お前が道斎に伝えてやれ。お松の言葉を――」

浮雲が遼太郎の肩にぽんっと手を置く。

「でも……」

「でももへちまもあるか。お松は、伝えたいことがあるから、現世に留まり、お前に憑いているんだ。未練を断ち切ってやらねぇと、未来永劫《みらいえいごう》お前に取り憑くことになるぞ」

浮雲が低い声で遼太郎に耳打ちする。

――それは嫌だ。

「それに、お前はお松に助けられているだろ。恩は返せ」

そう浮雲が続けた。

「助けてもらった？」

「ああ。お前が、あの男に襲われたとき、奴は突然気を失った。あれは、お松の仕業だ。お前を助けようとして、一時あの男に取り憑いたのさ」

「そ、そうだったんですか……」

遼太郎が斬られそうになったとき、その背後に生首が現われ、男を取り込んだように見えた。

あれは、そういうことだったのか。

「後は任せた」

浮雲がどんっと遼太郎の背中を押した。

「いや、待って下さい。伝えてやれって言われても私は……」

「難しく考えるな。ただ身を委ねればいい。後のことは任せろ」

身を委ねろと言われても、どう委ねればいいのか分からない。それに、任せろとはいうが、正直、浮雲のことを信用できない。

などと考えていると、ふっと目の前に女の顔が浮かんだ。

長い髪を揺らしながら、じっとこちらを見ているその女は、首から下がなかった。

これまでのような恐怖は感じなかった。それはきっと、この生首がお松だということが分かっているからなのかもしれない。

山賊に命を奪われ、夫と引き裂かれたお松は、今どんな気持ちを抱えているのだろう。

——ああ。

目の前に白い光が広がっていく。

それは、とても温かくて、心の底までじんわりと溶かしていくようだった。

——そうか。

お松は、哀しみを抱きながらも、願っていたのだ。

大切な人が、幸多き人生を歩むことを、ただ切実に——。

遼太郎が意識を保っていられたのは、そこまでだった。ふっと目の前が暗くなったかと思うと、そのままぷつりと意識が途絶えた。

…………。

…………。

……。


「おい。起きろ」

頭を小突かれて、遼太郎ははっと目を覚ました。

いつの間にか雨は止んでいた。澄んだ夜空に、ぽっかりと明るい月が浮かんでいる。

遼太郎が身体を起こすと、浮雲が盃に注いだ酒を啜るように呑んでいた。歳三の姿は見当たらなかった。

いや、歳三だけではない。あの男も、道斎の姿もなかった。

「どうなったのですか？」

遼太郎が問うと、浮雲はふうっと酒臭い息を吐く。

「お松は逝ったよ。道斎は罪を悔いて、自ら番屋に向かった。あの男は、歳が引っ張って行っているところだ」

「そうですか……私は、役に立てたんでしょうか？」

お松の想いが流れ込んできたところまでは覚えているが、途中で意識を失ってしまったので、その先のことは分からない。

「ああ。ちゃんと伝わった。だから、道斎は罪を悔い、罰を受ける気になったのさ」

「そうですか……」

しかし、道斎が受ける罰は、間違いなく死罪だ。それを思うと、どうにも胸が苦しくなる。

お松は、道斎の幸せを願っていたというのに――他に道はなかったのかと思ってしまう。

「まあ、いずれにせよ、お前はお前の役目を果たした」

――違います。

遼太郎は心の内で打ち消した。

自分は役目を、まだ果たしていない。遼太郎にはやるべきことがある。

「おっと。ようやくお出ましのようだ」

浮雲は、そう言うと金剛杖を突きながら立ち上がった。

――誰か来たのか？

遼太郎が目を走らせると、少し離れたところに女が立っていた。

お七だった――。

「遼太郎様。ご無事だったのですね」

お七が、安堵したように、ふっと胸を撫で下ろす。

「はい。お七さんのお陰です」

遼太郎は、お七に歩み寄ろうとしたのだが、それを阻むように浮雲が肩を摑む。

「騙されるな」

浮雲が、遼太郎の耳許で囁く。

「え？」

「お前は、遼太郎の命を狙う刺客だろ」

浮雲の墨で描かれた双眸《そうぼう》が、真っ直ぐにお七を射貫く。

「な、何を言い出すのですか。お七さんは、私を逃がそうとしてくれたんです」

遼太郎は、慌てて口にする。

お七は、危険を冒してまで遼太郎を助けようとしてくれた恩人だ。

「分かってねぇな。お前を、わざと逃がそうとしたんだよ」

「ど、どういうことですか？」

「遼太郎をわざと逃がすことで、体よく始末しようとしたのさ」

「そんな莫迦《ばか》な……」

「そうです。私が、どうしてそのような回りくどいことを……」

お七は、左の袖で顔を隠すようにして、悲しげに言う。

それを見た浮雲は、ふんっと鼻を鳴らして笑った。

「白々しい。隠しても無駄だ。その腕の入れ墨が、何よりの証拠だ」

浮雲が、金剛杖でお七の左腕を指し示した。

そういえば、お七の左腕には黒い痣のようなものがあった。遼太郎が指摘したとき、お七は、それを呪縛だと言っていた。

「入れ墨があったからといって、刺客とは限りません」

遼太郎が言い募ると、浮雲は首を左右に振った。

「この女の腕にあるのは、黒龍衆《こくりゅうしゅう》の入れ墨だ」

「黒龍衆？」

「ああ。黒龍衆ってのは、伊賀《いが》の忍びの生き残りで結成された、暗殺集団さ」

「なっ！」

「黒龍衆は、直接殺すだけじゃなく、事故や病気に見せかけた殺しを得意としている。縄を切って、遼太郎を逃がしたのは、そうすることで、武士に扮《ふん》した山賊が、仲間の仇として殺してくれると踏んだからだ」

「そんな回りくどい……」

「そうせざるを得なかったんだよ」

「え？」

「暗殺したってことが、表に出ると、その事実が政に利用されることにもなる。だから、回りくどくても、こういう方法を採るしかなかったんだ」

「…………」

遼太郎は、何も言葉を発することができなかった。

浮雲の説明に驚いたというのもある。だが、それ以上に、浮雲の話しぶりからして、遼太郎の身の上を察しているらしいことに、戸惑いを覚えた。

「何時から、お気付きでしたか？」

そう口にしたお七の声音は、まるで別人のように、低く冷たい響きを持っていた。

「最初に会ったときだ。立ち居振る舞いが、どう見ても旅芸人じゃなかった。だから、手を取って確認した。お前の指は、三味線弾きの指じゃなかった。ついでに、黒龍の入れ墨も検めたってわけだ」

てっきり、浮雲は下心でお七の手をベタベタと触ったのかと思ったが、そうではなかったらしい。

「抜け目のない人ですね」

観念したのか、お七は苦笑いを浮かべる。

「一応聞くが、なぜ遼太郎を狙う？」

浮雲は、金剛杖をお七に向けながら訊ねる。

「さて。何でしょう」

はぐらかすお七を見て、浮雲はふっと笑みを零《こぼ》した。

「別にいいさ。見当はついている。遼太郎は高貴な家の出なんだろう？」

「ど、どうしてそれを……」

遼太郎は、思わず言ってしまってから、慌てて両手で口を押さえる。

これでは認めているのと同じだ。

「隠せてると思ってるのは、お前だけだ。育ちの良さが滲み出ちまってるんだよ。嘘も下手だしな。別に気にするほどのことでもねぇ。おれも、似たようなもんだ」

――似たようなもの？

それはいったい、どういう意味なのだろう。

「ばれてしまったのであれば、仕方ありません。一応お願いしたいことがあります」

お七がすっと目を細める。

「遼太郎様の側から離れて頂けませんか？　あなたたちがいると、仕事がやり難いのですよ」

「断る！」

「本当に良いのですか？　黒龍衆に仇なすことになりますよ」

「龍だろうが、蜘蛛だろうが、おれには関係ねぇ。思惑なんざ知ったことか」

「愚かですね」

「そういう性分なんだよ。だいたい、お前らは遼太郎を直接殺せないいんじゃねぇのか？」

「もちろんそうです。それが依頼主のご希望です。しかし、あなたを殺すことは、何の問題もありません」

「なるほど。邪魔者であるおれたちを、排除しておこうってわけだ。だったら、この場で蹴散らすしかねぇな」

浮雲が金剛杖をぐるっと大きく回してから構える。

お七の方は、背負っていた袋から三味線を取り出す。太棹《ふとざお》の三味線だった。そして、三味線の天神《てんじん》の部分を掴んでゆっくりと引き抜く。

そこから細身の刀身が現われる。あれは、仕込み刀だったのか——。

「お七さん。止めて下さい。あなたは、こんなことをする人ではないはずです」

遼太郎は、堪らず声を発しながら、ずいっとお七の前に歩み出た。

なぜ、そんなことをしたのか、自分でもよく分からない。ただ、親に捨てられたと語ったときのお七の顔が、頭の中にチラついていた。

「あなたに、私の何が分かるというのですか？」

お七の蔑んだ視線が痛かった。

「分かりません。しかし、それでも、あなたは、こんな風にしか生きられなかったと言った。つまり、本心でこのようなことをしているわけではないのでしょう？」

「甘いですね」

「私は……」

「邪魔だ。どいてろ」

浮雲が、ぐいっと遼太郎を押しのける。

金剛杖を構えた浮雲と、仕込み刀を持ったお七とが相対する。

張り詰めた空気が、周囲を包んでいく。

止めて下さい――そう言おうとしたのだが、それより先に、お七が仕込み刀を収めてしまった。

「もう一人が駆けつけてしまいましたね。このままでは分が悪い。今日のところは、退くとしましょう」

お七はそう言うと、ふっと闇に溶けるように姿を消した。

「どうします？　追いますか？」

急に背後から声がした。

驚きつつ振り返ると、そこには歳三の姿があった。

そういうことか。歳三が現われ、分が悪いと判断して、お七は身を退いたということのようだ。

「いや。いい。どうせ、追いつけやしねぇよ」

浮雲はぶっきらぼうに言うと、金剛杖でどんっと地面を突いた。

何か言わなければと思うのだが、遼太郎はすぐに喋ることができなかった。様々なことが頭の中を駆け巡り、何から話せばいいのか分からない。

どうして、浮雲は遼太郎の身分を察していながら、黙っていたのか？

さらに、浮雲は自分も似たようなものだと言っていた。あれは、どういう意味なのか？

何より、刺客であるお七から遼太郎を庇おうとしたのはなぜか？

自分の身が危険に晒されるかもしれないというのに、会ったばかりの遼太郎を助ける道理などないというのに――。

「何をぼけっとしてんだ。さっさと行くぞ」

浮雲に頭を小突かれた。

「行くってどこにですか？」

「雨も止んだんだ。こんな辛気くさいところに、いつまでもいられるか」

浮雲は、そう言うとさっさと歩き出した。

「え？　あの……」

「途中までご一緒しましょう。その方が少しは安全ですよ」

困惑する遼太郎に歳三が声をかけてきた。

確かに、一人で旅を続けるより、浮雲や歳三が一緒にいた方が心強い。だが、それでは、二人を巻き込んでしまうことになる。

「私は……」

「そんなに硬くならないで下さい。あの男も言っていたでしょ。似たようなものだ――と」

「あの、それって……」

「細かいことは気にするなということですよ」

歳三は、そう言って笑うと遼太郎の背中を押した。

遼太郎は、促されるままに歩き始めた。不思議とその足取りは、これまでよりも軽く感じられた――。

絡新婦の毒

一

どうっと音を立てながら水が流れ落ちている。

月明かりに照らされた滝は、青白く発光しているように見えた。

道臣《どうしん》は、池のように広がる滝壺《たきつぼ》の辺りにある岩に腰かけ、ぼんやりと流れ落ちる滝を眺めていた。

「絡新婦《じょろうぐも》ねぇ……」

道臣はため息交じりに呟いた。

何でも、ここには、絡新婦が棲《す》んでいて、人間を滝壺の中に引き摺り込むのだという。十日ほど前にも、一人の浪人がこの滝に足を運んだまま戻って来なかったらしい。

何日かして見つかったのだが、その浪人はどういうわけか、身体の血を全部抜かれていて、すっかり干涸《ひから》びて骨と皮だけの骸になっていたそうだ。

道臣は、両替商の植松屋《うえまつや》から、その退治を依頼され、こうして足を運んだのだ。

ただ——。

引き受けはしたものの、どうやって退治すればいいのかさっぱり分からない。道臣は、これまで怪異を退治した経験など一度もないのだ。

それでも引き受けたのは、植松屋が提示した礼金に目が眩《くら》んだからだ。

僧侶とて人間だ。金を積まれれば心も動く。

どうせ、絡新婦などいるはずがないのだから、こうして足を運んで、何かをしているふりだけすればいい。

その上で、折を見て退治したと告げてやれば、それで納得してくれるはずだ。

「阿呆らしい」

死んだ浪人は、滝壺に引き摺り込まれたという話だが、それを見た者は一人もいない。

それだけではない。死んだ浪人は、森の中で干涸びて死んでいたのだという。滝壺に引き摺り込まれたのに、干涸びるというのは、全然、辻褄が合わない。

などと考えていると、滝の音に混じって、とん——と何かを叩くような音がした。

とん——。

とん——。

とととん——。

これは、鼓を打つ音だ。軽やかでありながら、それでいて、心に染み入るようなもの悲しさがあった。

音を辿って目を向けた道臣は、思わずぎょっとなった。

さっきまで、誰もいなかったはずだ。それなのに、いつの間にか、滝壺の前に人の姿があった。

女だった――。

水に濡れた襦袢《じゅばん》姿の女が、鼓を打ち鳴らしていた――。

濡れた長い髪が垂れ、ひたひたと水滴が落ちている。

襦袢が透けて、その向こうにある白い肌が見えた。月の光を浴びているせいか、この世のものとは思えないほどに美しかった。

――あれが絡新婦か？

そう思ったが、道臣はすぐにその考えを切り捨てた。そんなはずはない。あれほど美しい女が、妖怪や物の怪の類いであるはずがない。

女は、道臣の視線に気付いたのか、鼓を打つ手を止め、ゆっくりとこちらに顔を向けた。

顔の半分が解けた髪で隠れているが、それでも美しい女だということが分かった。

薄い唇に微かに笑みを浮かべ、道臣を誘っているようだった。

気付いたときには、道臣は立ち上がり、女に向かって歩みを進めていた。抗《あらが》いようのない力に引き寄せられるように――。

足が水に浸《つ》かる。

ばしゃばしゃと水を掻き分け、女に向かって歩み寄って行く。

あと少しで手が届く。

そのはずだった――。

だが、いつの間にか目の前から女の姿が消えていた。

さっきまで、いたはずなのに、いったいどこに行ったのか？

道臣は辺りを見回す。

――いた。

流れ落ちる滝に、女の影が映っていた。

そうか。女は、あの滝の裏側にいるのだ。あの奥は、きっと空洞か何かになっているに違いない。

道臣は、腰の辺りまで水に浸かりながら、滝の方に歩みを進める。

水飛沫《みずしぶき》が顔に当たったが、まったく気にならなかった。どうしても、あの女に触れたい。その衝動が道臣を突き動かした。

と、そのとき、道臣の腕に何かが触れた。

流れてきた草木だと思っていたが、そうではなかった。それは、白い糸のようなものだった。

ねばねばとした糸が、幾重にも腕に巻き付く。

「な、何だこれは……」

道臣は、その糸を引きちぎろうとしたが、そうすればするほど、余計に絡んでくるようだった。

「どこに行くの？」

背後で声がした。

――誰だ？

慌てて振り返ると、そこには道臣を見据える目があった。

女だった。

おそらくさっきの女だ。

「…………」

女は、水に濡れた白い手をゆっくりと伸ばし、道臣の顔を挟むように摑む。赤い唇が、道臣に近付いて来た。

接吻されるのかと思ったが、そうではなかった。

女は、道臣の肩口に嚙みついた。

「ぐわっ！」

道臣は痛みから堪らず声を上げる。

道臣は、痛みを堪えながら女を引き剝がすと、岸に向かって走り始めた。

――何てことだ！

絡新婦などいないと思っていた。だが、それは誤りだった。

あれは、あれこそが絡新婦に違いない。

岸まですぐに辿り着けると思っていた。それなのに、思うように身体が前に進まない。手足が痺《しび》れて感覚が薄れてきた。

それだけではない。腕や足に――糸が絡まっている。

道臣がもがくほどに、どんどんと締め付けが強くなっていく気がする。

気付くと、道臣の腕や足はまったく動かなくなっていた。

「どこに行くの？」

後ろから女の声がする。

嫌だ。嫌だ――。

道臣は、強引に前に進もうとしたが、抗いようのない強い力で、ぐんっと引っ張られた。

そのまま道臣は、滝壺の奥へと引き摺り込まれていった――。

二

峠道を抜けると、一気に視界が開けた。

三島《みしま》までもう少しだ。陽が傾き始めているが、暗くなる前には三島宿に辿り着くことができそうだ。

土方歳三は、少しだけ安堵する。

「ようやくか……」

隣を歩く男――浮雲が着物の袖で額の汗を拭いながら言う。

真っ白い着物に、髷を結わないぼさぼさの髪。空色の生地に雲の模様をあしらった袢纏を着ているものの、首に赤い襟巻を巻いただけの軽装だ。

さらに、両眼を赤い布で覆い、その上に墨で眼の模様を描いている。

浮雲は生まれつき両眼が赤い。それを隠すためなのだが、逆に悪目立ちしている。何度かそれを指摘しているが、本人に改める様子は一向にない。

「そうですね」

歳三は、そう応じながらちらりと後方を振り返った。

十間ばかり後方に、懸命に歩く遼太郎の姿が見えた。先を急ぐあまり、少し歩調を速くし過ぎたかもしれない。

立ち止まって待ったりすると、逆に遼太郎を急《せ》かしているようになってしまう。歳三は、遼太郎が追いつける程度に歩調を緩めた。

「おい。いつまであの男と一緒に行くつもりだ？」

同じように遼太郎を振り返った浮雲が、投《な》げ遣《や》りな調子で口にした。

遼太郎とは、箱根の関所近くで偶然顔を合わせた。その後、生首にまつわる怪異に巻き込まれ、成り行きで一緒に旅を続けることになった。

いや、それは語弊がある。

歳三が「一緒に行きましょう」と声をかけたのだ。

「遼太郎さんと一緒に旅をするのは、お気に召しませんか？」

「ああ。気に入らないね」

「何がそんなに気に入らないのです？　別にいいではありませんか。旅は道連れと言いますし」

歳三が口にすると、浮雲はこれみよがしに歪んだ表情を浮かべつつ、盛大なため息を吐いてみせた。

「惚《とぼ》けるんじゃねぇよ。あんなのと一緒に旅をしていたら、この先、どれだけの厄介事に巻き込まれるか、分かったもんじゃねぇ」

「なぜ、そう思うんです？」

「なぜって——お前も分かっているだろう」

「いいえ。全然分かりません」

歳三はしれっと言った。

本当は分かっている。遼太郎は隠してはいるが、相当に身分の高い家の人間だ。喋り口調や立ち居振る舞いから、品の良さが滲み出ている。着物も汚れてはいるが上等なものであることが分かる。学識はもちろん、剣術などについても、それなりに稽古を積んでいるはずだ。

遼太郎というのも、本当の名ではないはずだ。

そんな人間が、どうして一人で旅をしているのか——その辺の事情は知らないし、訊ねてもいない。

ただ、遼太郎には刺客が差し向けられている。廃寺で会った旅芸人を装った女、お七がそうだった。

刺客を放たれるくらいだから、かなり込み入った事情があるのだろう。

浮雲の言うように、遼太郎と一緒にいるということは、自分たちも、そうした刺客から狙われることになる。

「惚けやがって。あの坊ちゃんは、幽霊に憑かれ易い性質なんだぞ」

――え？

「今何と？」

「だから、あいつは幽霊に憑かれ易いと言ったんだ。あんなのと一緒にいたら、次々と怪異を拾っちまうだろうが」

「そっちですか……」

口にしながら歳三は思わず笑ってしまった。

てっきり、遼太郎の素性に懸念を抱いているのかと思ったのだが、浮雲が考えていたのは、まったく別のことだったようだ。

だが、それがこの男らしいところでもある。

「何が面白い？」

「いえ。何でもありません。それより、憑かれ易いというのは、本当なのですか？　たった一回ではないですか」

確かに生首の一件のとき、幽霊が遼太郎に取り憑いた。だが、その一回だけで憑かれ易いと決めつけてしまうのは早計な気がする。偶々ということも充分に考えられる。

「一回じゃねぇよ」

「え？」

「あいつには、ずっと幽霊が憑いている。出会ったときからずっとだ」

「そうなんですか？」

「ああ。本人は気付いていないが、今もあいつの身体に取り憑いているんだよ」

浮雲の言葉に嘘はないだろう。

彼の赤い両眼は、死者の魂——つまり幽霊を見ることができるのだ。

「いったい誰が憑いているのですか？」

「知らねぇよ。そもそも、一人じゃねぇしな」

そう言って、浮雲がため息を吐く。

「何人もいるのですか？」

「ああ。うじゃうじゃと引き連れてやがる」

「取り憑かれているのなら、どうにかした方がいいのではありませんか？」

一人ではなく、複数となれば尚のことだ。

「お前は分かってねぇな」

小莫迦にしたような口調に腹は立ったが、浮雲の態度に一喜一憂するほど無駄なことはない。

「私には幽霊は見えませんからね。分からなくて当然ですよ」

「何を偉そうにしてんだ」

「あなたほどではありませんよ」

浮雲は、何が気に入らないのか舌打ちをしつつも口を開いた。

「憑かれたからといって、すぐに何かが変わるわけじゃねぇんだよ。幽霊なんて言ったって、生きているか死んでいるかの違いだけで、同じ人間なんだ」

「まあ、そうですね」

「今、遼太郎に憑いている幽霊たちは、特に何かしようってわけじゃなさそうだ。言うなれば、見守っているといった感じだな」

「守護霊──みたいなことですか？」

「幽霊が守護なんかするかよ。見ているだけさ。ただ……」

浮雲が途中で言葉を呑み込んだ。

「何です？」

「憑いているだけならいいんだが、遼太郎は幽霊の心情を受け取っちまうことがある。それが厄介なんだ」

浮雲は、苛立たしげに髪をガリガリと掻く。

──素直ではないな。

歳三は内心で呟く。浮雲の「厄介」という言葉の中には、「放っておけない」という意味が込められている。

何だかんだ言いながら世話を焼いてしまうのが、浮雲なのだ。

「そんなに嫌なら、置き去りにしてみますか？」

歳三が言うと、浮雲は言葉を詰まらせた。

やはりそうだ。どんなに厄介だろうと、一度、関わってしまったら見て見ぬふりができない。情に厚いくせに、それを無駄に隠そうとする。本当に不思議な男だ。

「す、すみません。歩くのが遅くて……」

遼太郎が声をかけてきた。

追いつくために必死に歩調を速めたのだろう。額に汗を滲ませ、息も切れている。

「いえいえ。気にしないで下さい。もうすぐ三島宿です。今日はそこで休みましょう」

歳三は遼太郎を振り返りつつ、商い用の笑みを浮かべてみせた。

「あ、いや……」

「どうしました？」

「その……私は野宿を致しますので、お気になさらず」

遼太郎は視線を足許に落とし、もじもじとした調子で言う。

「野宿では、疲れも取れませんよ」

「いえ。お心遣いはありがたいのですが、その……私には宿賃がありませんので……」

――なるほど。

遼太郎には刺客から逃げるように旅に出た節がある。路銀を用意する余裕がなかったのだろう。

「そういうことでしたら、お気になさらず。私の馴染みの宿があります。色々と融通が利きますので」

「し、しかし……」

「夜は冷えるんだ。外で寝て風邪なんぞひかれたら、余計に足手まといになる」

どうしてこうもつっけんどんな言い方しかできないのだろう。まあ、そこが浮雲の面白いところでもある。

「この男も、こう言っていますし遠慮なく」

歳三の言葉に、遼太郎は「いや、でも……」とまだ戸惑いをみせたが、浮雲は「ごちゃごちゃうるせぇ」と一喝すると、怒ったように足早に歩き出した。

「あの、本当によろしいのでしょうか」

遼太郎が訊ねてきた。

「これ以上、蒸し返すと、あの男が本気で怒ってしまいますよ。それを宥める方が、余計に面倒です」

歳三が笑いかけると、遼太郎は「ありがとうございます」と俯いた。その目には、涙が浮かんでいるように見える。

「遼太郎さんは、どうして旅をしているのですか?」

歳三が訊ねてみたが、遼太郎は俯いたまま何も答えなかった。

せめて、遼太郎を狙っているのが、何者かが分かれば、色々と対処のしようがあると思ったのだが、まだそこまで気を許してはいないのだろう。

しばらく黙ったまま歩いていたが、不意に「わーっ」という叫び声が聞こえてきた。

目を向けると、街道の傍らに十人ほどの人が集まっているのが見えた。主に近隣の住人らしかったが、中には旅人と思《おぼ》しき者も交じっていた。

「何かあったようですね」

歳三が口にすると、浮雲が嫌そうにため息を吐いた。

「いいから放っておけ。余計なことに首を突っ込むんじゃねぇぞ」

そう言われると、余計に気になるのが歳三の性分だ。

歳三は駆けるようにして人混みに近付くと、その中にいた百姓らしき男に声をかける。

「何かあったのですか？」

「また出たんだよ」

その男は、街道脇にある大きな杉の木の中程を指差した。

目を向けると、杉の木の枝に白く太い糸が垂れていて、その先に人間が逆さまの状態でぶら下がっていた。

身なりからして僧侶だろう。

眼窩《がんか》は落ち窪《くぼ》み、頬が異様に痩《こ》けている。だらりと垂れた腕も、骨と皮ばかりで、まるで干物のように干涸びていた。

わざわざ確かめるまでもなく、あの状態では生きてはいないだろう。

「あれはいったい……」

「絡新婦さ」

男の言葉に、歳三は「え？」となる。

「絡新婦がやったんだよ」

男は、もう一度、信じて疑わない調子で言った。

三

歳三の案内で足を運んだ三河屋《みかわや》は、三島宿の外れにあった。

建物は古かったが、造りはしっかりしていた。浮雲と歳三、それに遼太郎の三人で同じ部屋を使うことになったのだが、それでも畳の上というのはありがたい。

「あの――本当に私まで一緒に泊まってよろしいのでしょうか？」

遼太郎は改めて口にした。

宿賃を持っていないことは、道すがら言ってあった。野宿をするつもりだと伝えたのだが、半ば押し切られるようなかたちで、こうして同じ部屋に泊まることになった。

成り行きで旅を共にすることになっただけの遼太郎に、どうしてこうも親切にしてくれるのだろう。

しかも、遼太郎が刺客に狙われる身の上であることは、浮雲や歳三も察しているはずなのに――。

「どうしても外で寝たいというなら好きにしろ」

浮雲は吐き捨てるように言うと、畳の上にごろんと横になってしまった。そのまま、瓢の酒を盃に注ぎ、ちびちびとやり始める。

「そんなに気にしないで下さい。旅は道連れと言うではありませんか」

歳三がにっこりと目を細めて笑った。

「し、しかし……」

「とにかく、こうして宿に来たのですから、まずはゆっくり休みましょう」

そう押し切られては、返す言葉がない。

歳三たちの優しさが身に染みる。だが、同時に素直に感謝できない部分もあった。

ここまで世話になっておいて、恩知らずなのは分かっているが、それでも、歳三や浮雲が刺客の一味ではないかという疑いを抱いてしまう。

いつか隙を見て、遼太郎の寝首を搔こうとしているのではないか？　そう考えずにはいられない。

あまり人は疑いたくないが、どうしても手放しに信じることができない。

「そんなに警戒しなくても大丈夫ですよ」

歳三が、遼太郎の頭の中を見透かしたように声をかけてきた。

「あ、そんなつもりは……」

「隠さなくてもいいですよ。私たちのことを、刺客だと疑っているのでしょう」

こうもはっきり言われると、どう答えていいのか分からなくなる。

「私は……」

「安心して下さい。私たちは刺客ではありません。遼太郎さんを殺そうと思っているなら、もうとっくにやってますよ。その機会は何度もありましたから」

　まさに、歳三の言う通りだ。

　もし、歳三たちが遼太郎を殺すつもりなら、ここに来る森の途中で殺してしまえば良かった。そもそも、箱根の一件のときに、手助けする必要などなかったのだ。

　今は、歳三と浮雲を信用してもいいのかもしれない。

「す、すみません。疑っているわけではないのですが……」

「分かっていますよ」

「え？」

「詳しい事情は分かりませんが、何か大変なことがあったのだろうということは、察しが付きますから」

　歳三が労《いたわ》るような笑みを浮かべた。

「は、はい」

「もし良ければ、何があったのか話して頂けませんか。力になれるかもしれません」

　申し出はありがたい。こうしてよくしてもらっているのだから、その恩に報いる為にも、こちらの事情を話すことは、最低限の礼儀なのだろう。

　分かってはいるが、やはり事情を話すわけにはいかなかった。

　自分を守るとか、そういうことではない。もし、余計なことを話せば、歳三と浮雲に害が及ぶ。

「すみません。お話をするわけにはいかないのです」

遼太郎は、手を突いて頭を下げた。

「そんな。私のような庶民に、頭を下げないで下さい。無理強いするつもりはありませんから」

「し、しかし……」

「良いのです。人それぞれ事情はあります。そんなものを知らずとも、旅を続けることはできますから」

「し、しかし、それでは……」

遼太郎の言葉を遮るように、すっと襖《ふすま》が開き、五十がらみの小太りの男が顔を出した。

「土方さん。いつもご贔屓《ひいき》にして下さり、ありがとうございます」

男はそう言うと、丁寧に頭を下げた。

「いえいえ。三河屋さんの温泉に浸かれるのが、旅の楽しみの一つですから」

歳三が笑顔で応じる。

どうやら、この男は遼太郎たちが今いる宿、三河屋の亭主のようだ。

「そう言ってもらえると、鼻が高いってもんですよ」

「ところで茂蔵《しげぞう》さん――」

歳三が声を低くして呼びかける。

茂蔵と呼ばれた亭主は、「へい」と素っ頓狂な声を上げた。

「ここに来る途中、街道沿いで妙なものを見たんですが……」

歳三がそう続けると、すぐに茂蔵の表情が曇った。

「ご覧になってしまいましたか……」

「ええ。木の枝に死体がぶら下がっていました。どうして、あんなことになっていたのか気になりましてね」

歳三の言葉を聞き、遼太郎もあの光景を思い出した。

人間が逆さになってぶら下がっている様は、あまりに奇妙だった。それだけではない。人間の身体が、まるで干物のように干涸びていたのだ。

「いやはや、本当に恐ろしい話です。あれで、もう三人目ですからね」

「え？」

遼太郎は思わず声を上げてしまった。

死体が木からぶら下がっていただけで、異様な状況だというのに、同じようなことが他にも起きていたということか。

「最初は、藤一郎《とういちろう》って両替商の植松屋の倅《せがれ》だったんです。その次は、吉右衛門《きちえもん》って浪人。で、今回は道臣っていう僧侶――次は、誰かなんて噂になってます」

「それは……皆、同じ状態だったんですか？」

「へい。皆、干涸びてて、木の枝からぶら下がっていて――これはもう、絡新婦の仕業だって話になってるんです」

――絡新婦。

そういえば、あの街道沿いに集まっていた人たちも、同じようなことを言っていた。絡新婦といっても、その辺にいる蜘蛛のことではないだろう。おそらく、物の怪として語られる絡新婦のことに違いない。

「絡新婦——ですか。どうして、そういう話になっているのです?」

いつも飄々《ひょうひょう》としている歳三が、やけに険しい顔をしている。

膝の上に置いた拳に力が入り、微かに震えているようにも見える。歳三は、絡新婦と何か因縁でもあるのだろうか?

訊《き》いてみたい気持ちになったが、遼太郎自身が何も語っていないのに、それを問うのは、あまりに非礼であると思い留《とど》まった。

「実は、街道から少し奥まったところに、蜘蛛ヶ淵の滝というのがありましてね。かねて、そこには絡新婦が出るって噂があったんですよ」

「蜘蛛ヶ淵——ですか」

歳三がその名を反芻《はんすう》する。

ずいぶんと禍々《まがまが》しい響きを持った淵だ。

「ええ。何年か前も、その滝に足を運んだ男女が、絡新婦に滝壺に引き摺り込まれたってことがありましてね。男の方は滝壺の底で死体が見つかったんですが、女の方は見つからなかった。きっと、絡新婦に食われたんでしょうね……」

「そんなことが……」

「ええ。それから、あまり蜘蛛ヶ淵の滝に近付く者はいなかったんですが、三ヶ月ばかり前に、植松屋の倅の藤一郎が足を運んでしまったらしいんです。そのまま行方知れずになったんですが――」

「木からぶら下がった状態で見つかったというわけですね」

「ええ。そりゃ騒ぎになりましてね」

「二人目の吉右衛門という浪人は、どうして滝に向かったのですか？」

「そのときは、絡新婦とは思っていなかったんですよ。誰かが、藤一郎を殺して、木から吊《つ》るしたんだろうって。それで、植松屋の主人が、倅の敵討ちをしようっていうんで、浪人の吉右衛門を雇って、滝に行かせたんですよ。相当に腕の立つ男だったらしいんですが……」

「同じように、木に吊るされた状態で見つかったのですね」

「ええ。で、その頃から、これはもう人の仕業じゃねぇ。妖怪の類いだってことになって、それで先日、道臣って僧侶が滝に向かったんですが……」

茂蔵は力なく首を左右に振った。

さっき遼太郎たちが見た死体は、その道臣だったというわけだ。

「なるほど。それは厄介ですね」

「ええ。このままじゃ、妙な噂が広がって、誰も寄りつかなくなっちまいますよ」

茂蔵が消え入るような声でぼやいた。

「それはお困りでしょう。もし、よろしければ……」

歳三の言葉を遮るように、浮雲がむくりと起き上がり「おい！」と大きな声を出した。

「お前はどうして、そう一文の得にもならねぇ話に首を突っ込むんだ！」

浮雲はバンバンと畳を叩きながら憤った。

だが、歳三はまるで聞こえていないかのように、改まって茂蔵に向き直って話を続ける。

「もしかしたら、その絡新婦の話、解決できるやもしれません。そこにいる男は、こう見えて、江戸では名の知れた憑きもの落としなのです」

「ほ、本当でございますか！」

茂蔵の目の色が変わった。

「ええ」

「だから、勝手なことを言うんじゃねぇ！　おれは、金にならねぇことは、やらねぇからな！」

浮雲が声を荒らげる。

歳三は相変わらずのすまし顔だ。いや、むしろ浮雲が怒っているのを見て、喜んでいるようにすら思える。

「おや。では、金になればいいのですね」

「あん？」

「ですから、金になればいいのですよね。たとえば、件の植松屋に話を持ちかけたりすれば、幾らかの謝礼は貰《もら》えるのではありませんか？」

「それは間違いないでしょう。植松屋さんは倅の仇討ちができるなら、金を積むはずです」

茂蔵が勢い込んで歳三の話に乗っかった。

「ということです。どうします？」

浮雲は舌打ちなどして、まだ不服そうだったが、結局、それ以上は口を挟むことはなかった。

茂蔵は、早速、植松屋に話をすると告げて部屋を出た。

「あの。本当に絡新婦を退治するのですか？」

遼太郎は、茂蔵の足音が遠ざかるのを待ってから、疑問をぶつけてみた。

「旅には金がかかります。稼げるときに稼いでおいた方がいいでしょう」

歳三は何食わぬ顔で言う。

「いや、しかし、相手は絡新婦ですよ。そんな妖怪を相手に……」

「遼太郎さんは絡新婦が、どういう妖怪かご存じですか？」

「詳しくは知りません。名前を耳にしたことがあるくらいで……」

「絡新婦は、滝に近付く者を糸で搦め捕って、滝壺に引き摺り込むとも言われています。その正体は、美しい女という説もあれば、そのまま巨大な蜘蛛だという話もあり、少しばかり曖昧なんです」

「そうですか」

どちらの姿をしていたとしても、恐ろしいことに変わりはない。

「ただ、この絡新婦の伝承があるのは、伊豆の奥の方なんですよ」

「少し離れていますね」

「ええ。まあ、この手の噂はあちこちに散らばったりするものですから、類似の伝承があってもさほど不思議ではありません。ただ、どうにも引っかかるんです」

「何がです？」

「本当に、あれは絡新婦の仕業なのか——と」

歳三が声を低くした。

凍《い》てつくように鋭い眼差しが、遼太郎に絡みつき、背筋がぞくっと震えた。

「違うかもしれないんですか？」

「私は、少しばかり絡新婦と因縁がありましてね。もし、此度《こたび》の一件が私の知っているそれであれば、真相を突き止めておきたいんです」

「因縁ですか……」

やはり、歳三は絡新婦と因縁があったようだ。

だが、妖怪との因縁とは、いったいどういうものなのか？　そもそも、妖怪は存在するのか？

色々と気になったが、やはり訊くことはできなかった。

「まあ、何にしても、後で植松屋へ行って話を聞いてみてからですね」

歳三がそう締め括ると、浮雲が「阿呆が」とぼやきながら、盛大にため息を吐く。

「まったく物好きな男だ」

「似たようなものでしょ」

「黙れ！」

浮雲はぼやきつつも、瓢の酒を盃に注ぎ、ぐいっと飲み干した。

歳三は、その様を何とも楽しそうに見ている。

そんな二人のやり取りを見て、遼太郎は思わず首を傾げた。本当に分からない人たちだ。世の中には、色んな人がいるものだ――と妙に感心もした。

四

歳三は、件の両替商の植松屋に足を運んだ――。

絡新婦にまつわる詳しい話を聞く為だ。

浮雲と遼太郎には、別で動いてもらうことになっている。組み合わせに少々不安はあるが、お互いに子どもではないのだから、何とかなるだろう。

植松屋は相当に儲《もう》かっているらしく、建物は立派だし、大きな看板も出ていた。

「ごめん下さい」

歳三が声をかけると、番頭らしき男が「へい」と駆け寄って来た。

「幾らご入り用でございますか」

男は揉み手をしながら、商い用の笑みを浮かべる。

「いえ。金を借りに来たわけではありません。茂蔵さんからの紹介で来た、土方と申します――」

歳三が名乗ると、話は通っているらしく、番頭と思しき男は「ああ。その件ですか」と納得したように頷いた。

「あたしは、義助《ぎすけ》と申します。植松屋の番頭でしてね。何だかんだ、もう二十年になります」

「植松屋さんは、かなり儲かっているようですね」

それとなく訊ねてみる。

「ええ。まあ。当主の藤宜《ふじのぶ》さんが、商売上手でしてね。顔も広いので、色々と懇意にしてもらっている方々がいるんですわ」

「ほう。どのような方と取引していらっしゃるのですか？」

「たとえば……おっと、いけない。喋り過ぎがあたしの悪いところでしてね」

「誰にも口外しません。少しだけでも教えて頂けませんか？」

「いやいや。本当に勘弁して下さい。今度こそ、追い出されてしまいますよ」

義助は照れたような笑みを浮かべつつ、ぺちぺちと自分の頭を叩いた。

この様子からして、以前にも余計なことを喋り過ぎて、失態を演じたことがあるのだろう。まあ、悪い男ではないのだろうが、口は災いのもとともいう。

「とにかくこちらに──」

義助はそう言って、歳三の案内に立った。これ以上は、頑として口を開く気はなさそうだ。ただ、口の軽い男のようだから、頃合いを見て、改めて問い質《ただ》せば口を滑らせるかもしれない。

「植松屋のご子息が、絡新婦の手にかかったと伺ったのですが──」

歳三は、義助の後を歩きながら声をかけてみる。

「ええ。それはそれは、酷い有様でしたよ。藤一郎さんは、祝言も決まっていましたし、間もなくこの店を継ぐもんだと思っていたんですけど、まさかあんなことになるとはねぇ……」

「そうでしたか。それは、店にとっても痛手でしょう」

「いや、そうでもありませんよ。あっ、今のはなかったことに……」

義助は慌てて口に手を当てた。

やはり、この男は相当に口が軽いようだ。

「途中で終わりにされては、余計に気になってしまいます。今のはどういうことですか？」

歳三は、足を止めて訊ねる。

義助も立ち止まりはしたものの、ばつが悪そうに頭を掻いて、「いや、あの、それは……」と口籠もるばかりだ。

「義助さんから聞いたとは、口が裂けても言いません。安心して下さい」

「いや、しかしねぇ……死者に鞭打つみたいで、どうもねぇ……」

「誰もそんな風に思いはしませんよ」

「そう言われましてもねぇ」

「では、これでどうです？」

歳三は義助の手を握った。ただ握ったわけではない。金を摑ませたのだ。

「や、や、こんなの困ります」

義助は慌てて手を引こうとするが、歳三は強く義助の手を握り逃がさなかった。

「ただの気持ちです。ちょっとした噂話をするだけではありませんか」

歳三が微笑みかけると、義助は観念したように口を開いた。

「藤一郎さんは、あまり商才がなかったんですよね。正直、跡を継がれたら、痛手になったと思います」

「跡取りは他にいらっしゃるんですか？」

「ええ。次男の藤次郎《とうじろう》さん。それと、お琴《こと》さんって妹がいます。たぶん、藤次郎さんが継ぐことになるんだと思います。ただ、藤次郎さんは、あまり乗り気じゃなくてね……」

「乗り気じゃない？」

「ええ。藤次郎さんは、藤一郎さんのことを慕っていましたからね。亡くなったばかりですし、まだ、そういうことは考えたくないようです」

「妹のお琴さんはどうなんです？」

お琴自身が継がないまでも、婿養子を迎え入れて継がせるというのも一つの方法だ。

「どうでしょうね。お琴さんは、何を考えているのか、分からない人ですから。あの、もうこの辺で勘弁して下さい」

義助が泣き出しそうな声で言う。

余計なことを喋り過ぎたと自分を責めているようだ。まだ、色々と訊き出すことができそうだが、今後のことを考え、今はこれくらいにしておこう。

再び歩き出した義助の案内で廊下を進み、奥にある客間と思しき部屋に通される。義助は「お待ち下さい」と言い残して部屋を出て行った。

腰を下ろした歳三は、床の間にかかっている掛け軸の絵に目を向けた。

そこに描かれていたのは滝だった。

白い糸のように水が滝壺に流れ落ちている様は、とても涼やかで、美しかった。おそらく、件の滝——蜘蛛ヶ淵を描いたものだろう。

この絵を見る限り、絡新婦が現われるようには見えない。

だが、見かけだけで判断してはいけない。そもそも、これは絵だ。実際に足を踏み入れたら、また別の印象を抱くかもしれない。

などと考えを巡らせていると、すっと襖が開いて一人の男が部屋に入って来た。歳の頃は十八か九といったところか。

小柄で、まだあどけなさの残る顔立ちをしていた。

「藤次郎と申します——」

藤次郎と名乗った男は、丁寧に頭を下げてから歳三の前に座った。

さっき話に出ていた次男坊のようだ。

「本来なら、父がお話をすべきところですが、兄が亡くなったことなどもあり、このところ臥《ふ》せっていまして、代わりに私がお話しさせて頂ければと思います」

藤次郎は、歳の割に臆することなく、凜《りん》とした調子だった。その立ち居振る舞いからは、風格すら感じる。

「土方歳三と申します。見ての通り、薬の行商人を生業としております。故あって、憑きもの落としの先生と旅をしております。三河屋さんに立ち寄った際に、こちらの噂をお聞きしました。少しでも力になれればと、こうして足を運んだ次第です」

「左様でしたか」

「それで、お父上は臥せっておられるのですか？」

「はい。五日ほど前から……心労が祟ったのだと思います」

「お見舞い申し上げます」

「ありがとうございます。せっかく、ご足労頂いたところ、申し訳ないのですが、お引き取り頂いた方がよろしいかと思います」

そう言って、藤次郎は畳に視線を落とした。

「どうしてです？」

「父は兄の仇を討とうと躍起になっています。浪人やら、僧侶やらを雇ったくらいです。ただ……」

「その浪人も、僧侶も返り討ちに遭った」

「はい。兄のことは、私とて悔しい限りです。しかしながら、仇討ちをするために、より多くの命が失われるのは、見るに堪えません。仮に仇が討てたとしても、兄が帰ってくるわけではないのです。そんなことに心血を注いで、臥せってしまうようでは、兄も哀しむでしょう」

藤次郎は淀みなく口にした。

あまりに綺麗過ぎる口上に、歳三は違和を覚える。まるで、全てを諦めてしまったかのような、投げ遣りな態度に見えてしまう。

頭で分かっていても、割り切れない感情があるのが人というものだ。

「藤次郎さんは、本当にそれでよろしいのですか？」

「といいますと？」

「お兄様を殺したのが、人なのか物の怪なのかは分かりませんが、それを野放しにしていいのですか？」

歳三は、敢《あ》えて嫌らしい言い方をした。

それにつられて、藤次郎の目の色がみるみる変わっていく。歳三の挑発で、抑えていた感情が湧き出したといった感じだ。

「いいわけがありません！　たった一人の兄を殺されたんですよ……」

声を荒らげた藤次郎の目に、涙が浮かぶ。

膝の上で握った拳は、力が入り過ぎて小刻みに震えている。

どうやらこちらが本心のようだ。

おそらく、藤次郎が絡新婦の件から手を引こうとしたのは、ただ、兄を失い、父が臥せってしまった今の状況で、仇討ちに力を注げば店が潰れ兼ねないからだろう。

苦渋の決断だったに違いない。

「安心して下さい。私どもは仇討ちの手伝いをしようというわけではありません。これが、怪異なら、それを祓《はら》うだけのことです」

「同じことではないのですか？」

「心持ちが違います。仇討ちは怒りに任せての行動ですが、憑きもの落としは、あくまでこれ以上の犠牲を出さないための救済です」

「救済——ですか」

「ええ。このまま野放しにしては、次の犠牲者が出ないとも限りません。そして、それは、あなたかもしれませんし、妹のお琴さんかもしれません」

お琴の名を出すなり、藤次郎が青ざめた。

兄と同じように、木から吊り下げられるお琴の姿を想像したのかもしれない。

「ど、どうしてお琴が……」

「分かりません。ただ、このまま放置すれば、そういうこともあり得る——ということです」

歳三が、ずいっと身を乗り出すようにして言う。

藤次郎は、ごくりと喉を鳴らして唾を飲み込むと、改めて歳三に目を向けた。その目は、さっきまでと異なり、何かを覚悟しているようだった。

「絡新婦を祓えるなら、どうかお願いします」

藤次郎が畳に手を突いて頭を下げた。

上手く誘導できたようだ。歳三は、内心でほくそ笑みながら「どうか、面を上げて下さい」と藤次郎を促す。

「まずは、何があったのか、詳しく教えて頂けますか？」

歳三が改めて問うと、藤次郎は一つ咳払いをしてから話を始めた。

「ことの発端は、一年ほど前のことです。旅の女が一人、三島に流れつきました。その女は瞽女《ごぜ》でした」

瞽女とは鼓を打ったり、踊りや三味線などをする盲目の女芸人のことだ。屋敷を与えられ、一カ所に集まって共同生活をしている地域もある。

「確か、三島の薬師院《やくしいん》には、瞽女屋敷がありましたね」

「ええ。その女は――おきみという名だったのですが、薬師院に住むようになりました」

瞽女と絡新婦とどういう関わりがあるのか、引っかかりを覚えたが、話を進めるために「それで」と先を促した。

「兄は、そのおきみに惚《ほ》れてしまったのです。父は、猛反対しました。もちろん、私も反対しました」

なぜ反対したのかは、わざわざ問うまでもない。

番頭の義助の話では、当主の藤宜は顔が広かったという。商いを広めていくために、跡継ぎの婚姻には、相応の嫁を迎えるつもりだったのだろう。

それが、よりにもよって、素性の知れない女と恋仲になってしまったのでは困るというわけだ。

「二人は、例の滝で逢《あ》い引《び》きをしていたようです。父と兄は喧嘩《けんか》が絶えなくなりました。そんなある日、ついに父は兄に勘当を言い渡してしまったのです。兄は家を出て行きました。私は、兄を捜したのですが、見つけることができませんでした……」

藤次郎はがっくりと肩を落とし、力なく首を左右に振った。

ぽたっ、ぽたっ、と涙が畳に落ちる。

おそらくは、後悔の涙だろう。藤次郎は、自分も兄と瞽女が逢瀬《おうせ》を重ねることに反対していたと言っていた。

巡り巡って、そのことが兄の命を奪うことになってしまったと考えているのだろう。

気持ちは分かるが、重要なのはここから先の話だ。

「それで、どうなったのですか？」

歳三が先を促すと、藤次郎は大きく洟《はな》を啜ってから話を再開する。

「数日後、兄が……木の枝から吊り下げられているのが見つかりました。身体中の血を抜かれ、干涸びていたんです……」

歳三たちが見た死体と同じ状態だったというわけだ。

「それが絡新婦の仕業だと――」

「はい」

「どうして絡新婦なのです？」

これまでの話を聞く限り、絡新婦はどこにも出てこない。逢瀬を重ねていた蜘蛛ヶ淵という名称から引っ張られたのだろうか？

「兄と恋仲になった女、おきみですが、仲間内からは別の名で呼ばれていたそうです」

「別の名？」

「ええ。絡新婦——と」

「なぜ、そんな呼ばれ方を？」

「おきみの腕には、蜘蛛を象《かたど》った入れ墨があったそうです」

「入れ墨ですか」

身体に蜘蛛の入れ墨を入れるなど、あまり好みのいいものではない。

「しかも、兄がいなくなったあの晩から、おきみもぷつりと姿を消してしまったのです」

「それは……」

「兄は、間違いなくおきみに殺されたのです。おきみは、人ではなく絡新婦だったんです。兄に取り入り、植松屋を手に入れようとしたのに失敗した。それで、邪魔になった兄を……」

藤次郎は顔を真っ赤にして、絞り出すように言った。

「絡新婦——か」

歳三は、ふっと天井を見上げながら、ぽつりと口にした。

「父は、兄の仇を討とうと浪人を雇ったり、僧侶を雇ったりしたのですが、結果はご存じの通りです」

「お父上は臥せっているということでしたが、会うことはできますか？」

歳三が訊ねると、藤次郎は「はい」と小さく頷いた。

藤次郎に案内され、歳三は藤宜の寝所に足を踏み入れた。藤次郎が言っていたように、床に就いている藤宜は、酷く衰弱していて、歳三が挨拶をしても、返事もできないほどだった。

「いつから、このような状態に？」

歳三が問う。

「兄が死んでから、体調が優れないことが増えました。しかし、それでも、話をするくらいはできていました。しかし、五日ほど前から、急激に悪化して……」

藤次郎は悔しそうに唇を噛んだ。

「医者には診せたのですか？」

「はい。ただ、これといった原因が分からず、心の病ではないか――と」

歳三は「そうですか」と応じつつ、脈を測ったり、呼吸を確かめたりして、じっくりとその様子を観察する。

心の病とは、到底思えなかった。何か原因があるはずだ。薬を出すことも考えたが、症状が定かではないのに下手なことはできない。

追って、かかりつけの医者の話を聞く必要があるだろう。

「どうして……」

苦しそうにしていた藤宜が、呻くように声を上げた。

「大丈夫ですか？　どうかしましたか？」

歳三は、藤宜の口許に耳を持っていく。言葉は途切れ途切れだったが、何かを訴えようとしているのは間違いない。

「父は、何と言ったのですか？」

訊ねてくる藤次郎に、歳三は首を左右に振って応えるしかなかった。

「これも、絡新婦の呪いなのでしょうか……」

藤次郎が力なく呟いた。

滝にいる絡新婦に魅せられた木こりが、取り憑かれて衰弱していくという伝承もあるが、これは、それとは別のことのような気がする。

いずれにしても、もう少し調べてみる必要がありそうだ。

五

陽は沈み、辺りはとっぷりと暗くなっていた――。

足を踏み出す度に、気配が重くなっていくような気がする。

疲れもあるが、それだけではない。今、遼太郎が向かおうとしているのは、絡新婦が出たという噂のある滝なのだ。

「お前は、どうしてついて来たんだ？」

少し前を歩く浮雲が呟くように言った。

浮雲が、絡新婦が出たという滝を見に行く――と言い出したとき、一緒に行くと言ったのは遼太郎自身だった。

怖さはあるが、それでも、何が起きているのか知りたいという思いがあったからだ。

いや、本当はそれだけではない。遼太郎が知りたかったのは、単に絡新婦の怪異だけではなかった。

「浮雲さんたちは、どうして私に、こんなによくしてくれるのですか？」

遼太郎が訊ねると、浮雲は足を止めて振り返った。赤い布に描かれた眼が、じっと遼太郎を見据える。

「質問に、質問で答えるな」

「あ、いや」

「しかも、お前は全然つながりのない話をしている」

「それは……」

浮雲の言う通りだ。

だが、気になるのだから仕方ない。浮雲たちは、遼太郎が刺客に狙われていることを知っても尚、一緒に旅を続けている。

それはありがたい。お陰で三河屋に泊まることができている。だが、それを素直に厚意として受けていいものだろうか？　彼らには、何か目的があるのかもしれない。

こうやって浮雲と二人になることで、色々と聞き出すことができるかもしれないと思ったのだ。

「逆に訊くが、おれたちを信用していないのなら、どうしてお前は一緒にいる？」

「え？」

思わぬ問いに、遼太郎は言葉を詰まらせた。

「わざわざ口にしなくても、お前の身の上なんざ、何となく想像がつく。似たようなもんだからな――」

墨で描かれた眼が、哀しく揺れているように見えたのは、きっと黄昏時《たそがれどき》だったからだろう。

「似ているとは、どういうことですか？」

箱根の怪異のときにも、同じようなことを言っていた。

「そのままの意味だ。おれも、似たようなものだ。生まれてはいけない子だった。だが、生まれてしまった。ただ、平穏に暮らしたかった。しかし、周りはそれを許してはくれない。どんなに拒絶しようと、運命はついて回る」

「…………」

「ならば、逃げたところで無駄だ。望んで与えられた境遇ではないが、逃れられぬなら、自分の意志で抗おうと決めた。だから、旅をしている」

「…………」

言葉が出なかった。

はっきりしたことは、何一つ言わなかったが、それで充分だった。

浮雲は、酒ばかり呑んでいるちゃらんぽらんな男だとばかり思っていたが、重い過去を背負っているようだ。

「お前はどうなんだ？　どこまで逃げるつもりだ？」

「私は……」

心臓がぎゅっと締め付けられ、言葉が続かなかった。

遼太郎は、先のことなど何も考えていない。ただ、現状から逃げてきた。当てもなく、意味もなく――。

その果てに、いったい何があるのだろう？　ふとそんな疑問が頭に浮かんだ。このまま逃げ続けたところで、何も解決はしない。

でも、だからといって、どうすればいいのか分からない。

「そう重く考えるな。逃げたいときは、逃げればいい。今は逃げておけ。おれもそうだった」

「え？」

「おれも、今のお前のように、ただ逃げていた時期があった。しかし、いつかは抗わなければならない。そのときのために、力を溜めておけ――」

浮雲は、そう言うとくるりと背中を向けて歩き出した。

抗わなければならないときは、本当にくるのだろうか？　もしきたとしたら、自分はどんな行動をとるのだろう。

考えてみたが、何も思いつかなかった。

「何してる。来るならさっさとしろ」

浮雲に声をかけられ、遼太郎は「はい」と応じると、歩みを速めた。

不思議だった。頭の中は、もやもやとしていたのに、さっきまでより足が軽かった。

「ここか――」

やがて、浮雲が足を止めて呟いた。

滝は沢地川《さわじ》にあり、ゴツゴツとした溶岩石が積み上がっていて、その上から滝が二段に流れ落ちていた。

蜘蛛ヶ淵の滝と呼ばれているらしい。

景観は美しいのだが、どこか気配が重い感じがする。そう感じるのは、単に辺りが暗いからだけではない。おそらく――。

「ここに絡新婦が出たのですね」

「らしいな」

浮雲は、滝が打ち付けている大きな岩に向かって歩み寄って行く。

膨《ふく》ら脛《はぎ》の辺りまで、水に浸かっていて、着物の裾がびっしょりと濡れたが、浮雲は構う様子がなかった。

「大丈夫なのですか？」

遼太郎が声をかけると、浮雲は「あん？」と振り返った。

「ここは、絡新婦が出た場所なのですよね」

そんな場所に、不用意に歩み入ったら、何があるのか分かったものではない。

「そのようだな」

浮雲が軽く応じる。

「いや、だとしたら危なくはないのですか？」

「どうして？」

全然、話が噛み合わない。

「あの僧侶の死体を見なかったのですか？　あれは、もう人の所業ではありません」

遼太郎の言葉に、浮雲はふんっと鼻を鳴らして笑った。

「阿呆が。あれこそ人の所業だ」

「ど、どうして、そう言い切れるのですか？　人間の身体が、あんなに干涸びていたんですよ」

遼太郎の脳裏に、骨と皮だけになった僧侶の顔が浮かんだ。

「あんなものは、別に難しい事じゃない。血の管《くだ》に穴を開け、逆さ吊りにしておけば、身体の血が抜けるだろう。あとは、二、三日天日に干しておけば完成だ」

「そ、そんな干物みたいな……」

三島の辺りは、魚の干物が有名だが、人間までも干物にしたというのか？

「そうだ。あれは、人間の干物だよ」

「仮にそうだったとしても、それをやったのは絡新婦ではないのですか？」

「取って食うだけならまだ分かるが、干物にして木に吊るしておいたとするなら、それは絡新婦の仕業じゃねぇよ」

「そういうものですか？」

「そういうものだ」

浮雲は、そう言うと両眼を覆っていた布をはらりと外した。

――あっ！

思わず声を上げそうになった遼太郎だったが、慌ててその言葉を呑み込んだ。

浮雲の両眼は、燃え盛る炎のように真っ赤に染まっていた。

「おれは、生まれつき眼が赤い――」

浮雲が呟くように言った。

その声は、どこか憂いに満ちているようだった。

「な、何と……」

「ただ赤いだけじゃなく、この眼には死者の魂――つまり幽霊が見えるんだ」

「ゆ、幽霊――」

信じ難い話だったが、あのような特別な色をしているのであれば、そういうことができても不思議ではないと思ってしまった。

さっきの浮雲の話が脳裏を過る。

もしかしたら、浮雲が望まれず、逃げることになった原因は、あの眼にあるのかもしれない。

「そうだ。見たくもねぇもんを見てきたのは、おれもお前も一緒だ」

浮雲は、そう言うと小さく笑みを浮かべた。

きっと浮雲が隠していた自分の眼を晒したのは、遼太郎を気遣ってのことなのだろう。そういう優しさを持った男なのだ。

これまで、浮雲や歳二のことを疑ってかかっていたことを恥ずかしいと感じた。

遼太郎が自分を責め、俯いていると、浮雲はばしゃばしゃと水をかき分けながら戻って来た。

「そんな顔をするな」

と、遼太郎の頭をぐしゃっと無造作に摑んだ。

「は、はい……」

全てを失い、旅に出てから、遼太郎はずっと孤独を味わってきたが、そうではないのだということを、浮雲が教えてくれた気がする。

「ありがとうございま……」

礼を言おうとした遼太郎を、浮雲が制した。

「静かに――」

浮雲が、声を低くしながら鋭く言うと、僅かに俯いた。耳を澄ましているようだ。

遼太郎もそれに倣い、息を殺して耳に意識を傾ける。

とん――。

とん――。

とととん――。

どこからともなく、何かを叩く音が聞こえてきた。

とても軽やかな響きを持った音。

これは、鼓を打つ音だ。

とん――。

とととん――。

段々とその音は大きくなる。

「この音……」

遼太郎は、途中で言葉を呑み込んだ。

さっきまで、誰もいなかったはずの滝壺に、薄《うつす》らと人が立っているのが見えた。

美しい女だった――。

とん、とととん――と鼓を打っている。

その響きはとても物悲しかった。

「あれが――絡新婦」

遼太郎が口にすると、女の姿は、闇に溶けるようにふっと見えなくなった――。

――消えた！

唖然《あぜん》として滝を見つめていた遼太郎だったが、隣にいる浮雲はまったく別のところに目を向けていた。

川の向かい側の岸だった。

口許を強く引き結び、怒りの感情を嚙み締めているようだった。

――いったい何を見ているんだ？

遼太郎は、浮雲が見ている向かいの岸に目をやった。そこには――。

一人の僧侶が立っていた。

深編笠《ふかあみがさ》を被り、ぼろぼろの法衣を纏った虚無僧《こむそう》だった。

禍々しい気を放ち、その虚無僧の周りが、ぐにゃりと歪んでいるように見える。

遼太郎は、背筋がぞくっと震えた。

あの男を知っている。

顔は見えない。だが、それでも分かる。あんな禍々しい気を放つ虚無僧など、そうそういるものではない。

「あ、あれは……狩野遊山《かのうゆうざん》……」

遼太郎が思わず口にした。

虚無僧の格好をしているが、狩野遊山は僧侶ではない。

元々は、狩野派の絵師だったが、今は幕府お抱えの暗殺者として暗躍している男だ。

ただ刀で斬り殺すのではなく、言葉巧みに人の心を操り、自らの手を汚すことなく対象者を抹殺する恐るべき男だ。

「知っているのか?」

「は、はい……」

遼太郎はそう答えつつ、浮雲を見返した。

今の言い様《よう》からして、浮雲もまた、あの男――狩野遊山を知っているということだ。

チリン――。

遼太郎の思案を遮るように、涼やかな鈴の音《ね》が響いた。

その音色に引き寄せられるように向かいの岸に顔を向けると、さっきまでそこにあったはずの狩野遊山の姿が、まるで闇に溶けてしまったかのように消えていた。

――どうして、狩野遊山がこんなところにいるのだ？

もしかして、自分を付け狙う刺客として、狩野遊山が放たれたのだろうか？　いや、それはない。

それは役割が違う。でも、姿を現わしたのは紛れもない事実だ。

「お前は、なぜ狩野遊山を知っている？」

浮雲が狩野遊山のいた闇を睨み付けたまま訊ねてきた。

「そ、それは……」

遼太郎は口籠もってしまった。

なぜ、遼太郎が狩野遊山を知っているのか――その訳を喋るということは、自らの素性を明かすということになる。

浮雲たちを信頼していないわけではない。

出会ってから間もないが、彼らが遼太郎のことを守ってくれたのは事実だ。しかも、遼太郎が何者かも知らずにそうしてくれたのだ。

のみならず、浮雲は隠していた秘密――赤い双眸を遼太郎に晒した。それは、信頼の証でもあるように思える。

だったら、その思いに報いるためにも、自分が何者で、なぜ狩野遊山のことを知っているのかを告げるのが筋というものだ。

だが――。

「言いたくないのか？」

浮雲が問いを重ねてくる。

その口調は、怒っているようでもあった。

「あ、あの、浮雲さんは、あの人――狩野遊山とは、いったいどんな関わりがあるのですか？」

遼太郎は逆に問いつつ、わずかに身構えた。

もし、浮雲が狩野遊山の仲間なら、遼太郎はすぐにでも逃げなければならない。

「あいつとは切っても切れない因縁があってな。おれの宿敵だ。何としても、討たねばならない男だ」

宿敵と口にした浮雲の言葉には、強い怒りが込められていた。

狩野遊山は、これまで多くの人の命を闇に葬り去ってきた男だ。彼に恨みを抱く人間は、そこら中にいるだろう。

浮雲もまた、そうした人間の一人なのかもしれない。

「どんな因縁なのですか？」

浮雲自身が、狩野遊山に殺されかけたのだろうか？　或いは、大切な人を殺されてしまったのだろうか？

もしかしたら、その因縁とは、浮雲の幽霊が見えるという赤い双眸に関係したものなのかもしれない。

「そこまで踏み込んでくるなら、お前にも喋ってもらうぞ」

「な、何をです？」

「お前が、狩野遊山を知っている訳を――だ」

「い、言えません……」

そう答えるのがやっとだった。

やはり、浮雲たちに話すわけにはいかない。狩野遊山との因縁があるのだとしたら、尚のことだ。

ただ、ここで返答を拒むということは、裏切りでもある。

浮雲は、自らの秘密である赤い双眸を晒したというのに、遼太郎はこの期に及んで、全てを覆い隠そうとしている。

もしかしたら、この場で浮雲に見捨てられるかもしれない。そう覚悟したはずなのに、浮雲からの言葉は、まったく異なるものだった。

「まあいい。言いたくねぇなら黙ってればいい。その代わり、おれも喋る気はねぇ」

浮雲は、ふっと肩の力を抜くと金剛杖を担いで歩き始めた。

「え？　いいのですか？」

遼太郎は、浮雲の後を追いかけながらその背中に声をかける。

「あん？　言いたくねぇんだろ」

「はい」

「だったら喋る必要はねぇ」

「いや、でも、それでは……」

「何だ？」

「もしかしたら、私が狩野遊山の仲間かもしれませんよ。あなたたちの命を狙ってることだって……」

浮雲が急に足を止めた。

あまりに突然だったので、遼太郎はすぐに立ち止まることができずに、浮雲の背中にどんっとぶつかっただけでなく、そのはずみで尻餅をついてしまった。

そんな遼太郎を浮雲が赤い双眸で見下ろしてきた。

「お前は、おれたちの命を狙っているのか？」

「えっ、いや、そんな……」

狙うはずがない。そんなことをする道理がない。仮に狙っていたとしても、二人が只者《ただもの》ではないことは分かっている。返り討ちにされるのが落ちだ。

「だったら別にいい」

「そんないい加減な……」

「は？　お前はいったい何なんだ？　言いたくねぇっていうから、喋らなくていいって言ってやってんだろうが」

「いや、それはそうなんですけど……」

「わざわざ言葉にしなくても、狩野遊山とお前が仲間じゃねぇってことくらい分かる」

「どうしてですか？」

「簡単な話だ。奴を見たとき、お前は怯えていた。仲間に怯える阿呆はいねぇよ」

「そ、そうですか……」

確かに遼太郎は、狩野遊山を目にしたとき恐怖に震えた。ただ、それは、仲間でないことを証明することにはならないと思う。

「まあ、仮にお前が狩野遊山の手下だったとしても、何も変わらんさ」

「変わらない？」

「そうだ。おれは奴の呪いに呑み込まれるつもりはねぇ」

浮雲はそう言うと、赤い布を巻いて赤い双眸を覆ってしまった。遼太郎には、それが本心を隠しているように見えた。

「ほら。何をぼさっとしてる。さっさと立て」

浮雲は、金剛杖を遼太郎の方にぬっと差し出して来た。

遼太郎が金剛杖の助けを借りて立ち上がると、浮雲はくるりと踵を返して歩き出した。

言葉の通り、これ以上、詮索するつもりはないらしい。それでいて、遼太郎に親切にしてくれる。

「本当に不思議な人だ――」

遼太郎は、呟くと浮雲の後を追って歩き出した。

六

歳三が植松屋を出たときには、もう辺りは闇に包まれていた――。

江戸と違い、夜になると出歩いている者の姿はほとんど見られない。その分、闇がより一層、深いように感じられる。

調べたところ、植松屋は色々と複雑な事情が絡まっているようだ。

この怪異は、やはり何者かの強い呪縛が、蜘蛛の糸のように張り巡らされているような気がしてならない。

一度、浮雲と合流すべきかもしれないが、その前に一つ、調べたいことがある。藤一郎の想い人であった、おきみという女が、どういう人物だったのかを知っておきたい。ここから瞽女屋敷まではそう遠くない。足を延ばしておいても損はないだろう。

街道をしばらく歩いていると、「申し――」と声がした。

目を向けると、街道の脇にある木の根方に、座り込んでいる女の姿があった。傍らにある荷物の中に、鼓らしきものが見えた。格好からしても瞽女だ。歳三の足音を聞いて声をかけてきたのだろう。

転びでもしたのか、顔が泥で汚れていた。

これは都合がいい。手助けをするついでに、おきみのことを訊ねてみよう。

「どうかされましたか？」

笑みを浮かべながら声をかけると、わずかに顔を上げたが、目が見えないせいで見当違いの方向に目を向ける。

「足を挫いてしまいまして……」

女が掠れた声で言う。

歳三は、ゆっくりと女の傍らに歩み寄る。

「どちらの足ですか？」

歳三が問うと、女は右の足を僅かに前に出した。

暗くて見えにくいが、女の右の足首は少し腫れているようだ。触ってみると、女は「うっ」と小さく呻いた。

「ちょうど、打ち身に効く塗り薬を持っています」

歳三は笈を下ろし、中から塗り薬を取り出し、それを女の足に塗ってやった。とはいえ、立ちどころに痛みが引くわけではない。

「まだ痛むでしょう。私が背負っていきますよ」

歳三が告げると、女は「いや、で、でも、そんな、申し訳が立ちません」と首を左右に振って固辞する。

警戒しているというより、本当に申し訳ないと感じているようだ。

「実は、瞽女屋敷に足を運ぼうと思っていたところだったんです。行きがてらなので、お気になさらず。さ、乗って下さい」

歳三は女に背中を差し出した。

女は、しばらく迷う素振りをみせていたが、やがて「すみません」と歳三の肩に手をかけ、背中に乗った。

荷物は、一旦ここに置いておいて、後で取りに来ればいいだろう。

歳三は立ち上がり、歩き始めた。女は酷く軽かった。本当に人を背負っているのかと疑いたくなるほどだ。

「どうして瞽女屋敷に行くおつもりだったのですか？」

女が囁くような声で訊ねてきた。

「おきみという女について、少し話を聞きたいと思っておりまして……」

「おきみさんですか――」

「ご存じなのですか？」

「ええ」

女はそう答えたあと、小さくため息を吐いた。

「何でも、植松屋の藤一郎さんと恋仲にあったとか」

「はい。お二人は想い合っていました。しかし、植松屋さんの方は、それをよくは思っていませんでした」

「それでも、二人は逢瀬を重ねていたんですよね。確か、蜘蛛ヶ淵の滝で会っていたという話でしたね」

「よくご存じですね。そうです。それが、あんなことになって……」

「絡新婦に殺されたという一件ですね」

「はい」

そこまでは歳三も分かっている。知りたいのは、その先のことだ。

「それで、そのあとおきみさんは、どうなったのですか？」

藤一郎の一件以降、おきみはぷつりと姿を消してしまったのだという。そのことから、藤次郎は、おきみこそ絡新婦だと思い込んでいる。

「分かりません。誰も姿を見た者はいません」

「そうですか」

──やはり死んだか。

おきみが絡新婦などという話は、あまりに馬鹿げている。藤一郎が殺されたときに、一緒に殺されたと考えるのが自然だ。

「どうして、そのようなことをお訊ねになるのですか？」

女が訊ねてきた。

「絡新婦に興味がありましてね」

「妖怪がお好きなのですか？」

「そうではありません。ただ……いえ、何でもありません。忘れて下さい」

歳三は自嘲気味に笑った。

おそらく、歳三がこの件に積極的に関わっているのは、絡新婦の名を聞いたからだろう。この一件を追っていれば、もしかしたら、あの女に再び会えるかもしれない。

――会ってどうする？

今さら、あの女に会ったところで、何かが変わるわけでもない。一晩、身体を交えただけの女に、なぜこうも執着しているのか、自分でもよく分からない。

「…………」

歳三の思考を遮るように、背中の女が何かを言った。何と言ったのかは聞こえなかった。ただ、女はくつくつと楽しそうに笑い始めた。

「どうしたのですか？」

「あなたは、女に対して警戒心がなさ過ぎます。そんなだから、死ぬんですよ――」

女の口調が変わった。

聞き覚えのある声。これは――千代の声だ。

川崎の一件で自らを蜘蛛と称して暗躍した呪術師の女。歳三が再び会うことを望んでいた女。

その願いが叶うことになった。

最悪の形で――。

歳三は、背中の千代を振り落とそうとしたが、手遅れだった。

首に刺すような痛みが走った。

たちまち、身体が痺れてきた。毒針か――。

力が入らず、歳三はその場に膝を突いてしまった。

「憐れですね」

千代は、歳三の背中を下りると耳許で囁いた。

――どうして気付かなかった？

今になって後悔が押し寄せてくる。

暗かったというのもあるが、転んだと見せかけ、顔に泥を塗り、巧妙に歳三に気付かれぬように顔を隠していたのだ。

「お前は……」

「余計なことに首を突っ込むから、こういうことになるんですよ」

千代は、歳三の前に回り込みながら静かに言った。

月明かりに照らされ、その赤い左眼が光ったように見えた。浮雲と同じ赤眼を持つ者。

「全てお前の仕業か？」

歳三は何とか立ち上がろうとしたが、やはり力が入らない。

千代が冷たい目で歳三を見下ろす。

「それを知ったところで仕方ありません。どのみち、あなたは死ぬのですから――」

死を宣告しているときですら、千代の声に変化はなかった。

「お前が殺すのか？」

「いいえ。私ではありません」

千代は歳三に背を向ける。すると、ぼうっと闇から浮かび上がるように、一人の男が現われた。

目だけを出すかたちで、黒い布で顔を覆っている。

猫のように背中を丸めて立つその様は、無気力なようでいて微塵も隙がなかった。

これだけ接近されるまで、その気配すら気取らせなかったことからも、破落戸《ごろつき》の類いでないことは明らかだ。

「後は任せます」

千代は、男に小声で告げるとそのまま闇に溶けるように消えた。

男はゆっくりと刀を鞘から抜いた。

刀身が通常の刀より短くなっていて、黒く染め上げられていた。この男――忍びの類いかもしれない。

何とか反撃したいところだが、身体がまったく動かない。

もはやこれまでか――。

七

遼太郎と浮雲が宿である三河屋に戻ると、茂蔵が「お帰りなさいまし」と丁寧に出迎えてくれた。

「お疲れでしょう」

そう笑顔で声をかけてくる茂蔵に「いえ」と答えたものの、遼太郎の疲れは限界にあった。ただ滝に行って帰って来ただけなのだが、箱根からの疲労もあるし、夜の山道だったせいか、酷く疲れている。足など、もう棒になりそうだ。

確か、温泉があるという話だった。ゆっくり浸かりたいところだ。

「歳三は戻ってるか？」

浮雲が問うと、茂蔵は「いえ、まだでございます」と応じる。

「あの阿呆は、いったいどこで油を売ってるんだか」

ぼやきながら部屋に戻ろうとした浮雲だったが、茂蔵が慌てて呼び止めた。

「あの。先ほど、皆様を訪ねて来た方がいらっしゃいました」

「訪ねて来た？」

心当たりがないらしく、浮雲が口をへの字に曲げる。

――もしや刺客が？

遼太郎の頭の中に、そんな考えが過った。狩野遊山の姿を見たあとだし、あり得ないことではない。

「童でした」

「童？」

「ええ。たぶん、十二とか三くらいだと思うのですが、腰に木刀を挿していてね。やたら生意気というか、何というか……」

茂蔵の説明は、要領を得なかったが、浮雲は合点がいったらしく「ああ。あいつか」と息を漏らしながら言う。

「で、そいつは今どこにいる？」

「土方さんが植松屋に行ったことを伝えたら、さっさと出て行ってしまいました」

茂蔵は困惑した様子で、頭を掻いた。

「相変わらずせっかちだな。まあいい。また、ここに来たら部屋に通してくれ」

浮雲はそう言い残すと、部屋に向かった。遼太郎もその後に続く。

「誰なのか覚えがあるのですか？」

遼太郎が訊ねると、浮雲は「ああ」と短く応じたが、それ以上は何も言わなかった。

刺客を疑いはしたが、茂蔵は童だと言っていたし、浮雲も知っている人物のようだし、それほど心配することはないだろう。

部屋に戻るなり、浮雲は腕を枕にして横になると、瓢の酒を盃に注ぎ、ちびちびと呑み始めた。

よく、あんな姿勢で呑めるものだと感心してしまう。

「あの——それで、何か分かったんですか？」

遼太郎が訊ねると、浮雲は「何のことだ？」と惚けた声を上げる。

「絡新婦の怪異のことですよ」

ため息を吐きつつも、遼太郎は口にする。

途中で狩野遊山が現われたことで、有耶無耶《うやむや》になってしまったが、そもそも、蜘蛛ヶ淵の滝まではわざわざ行ったのは、あの場所で絡新婦に人が殺されたという怪異について調べるためだったはずだ。

「あの場所には、確かに幽霊がいた」

浮雲がさらりと言う。

「あのとき聞こえた、鼓の音も、幽霊の仕業なのですか？」

「まあ、そんなところだ」

やはりそうか——。

あのとき、遼太郎も一瞬だけ幽霊と思しき女の姿を見た。

最初は怖いと感じたが、見ているうちに印象が変わった。あの女が抱えているのは、怒りや憎しみではなく、もっと異なる何かだった気がする。

だが、あの場所で藤一郎をはじめ、何人もの人間が殺されているのは事実だ。

「やはり、あの場にいた女の幽霊が人を殺しているのでしょうか？」

遼太郎が問うと、浮雲はふんっと鼻を鳴らして笑った。

「それは違うな」

「でも、現に……」

「お前だって分かっているんじゃねぇのか?」

浮雲が身体を起こして、墨で描かれた眼を遼太郎に向けた。

「な、何がです?」

「あの女の幽霊は、人を殺したいと願っているように見えたか?」

「それは……」

「あの女が抱いているのは、恨みや憎しみではない。もっと別の感情だよ」

どうやら浮雲は、遼太郎と同じ感覚を抱いていたようだ。

「それは、何なのですか?」

「何だろうな……」

浮雲は呟くように言うと、ぐいっと盃の酒を呑み干した。

そして——。

遼太郎の背後に墨で描かれた眼を向け、苛立たしげにガリガリと髪を掻き回した。

自分の後ろに何かあるのだろうか? 振り返ってみたが、そこには古びた襖があるだけだった。

視線を戻すと、浮雲は再び腕を枕に横になっていた。

「結局、分からないということですか?」

「判断を下すのは、早いってだけだ。全ては、歳三の報告を待ってからだ。それ次第で色々と変わってくる」

この言い様からして、浮雲は既に真相を看破しているように思える。

「狩野遊山は、関係しているのでしょうか？」

遼太郎が口にすると、浮雲が舌打ちを返してきた。

「それについても、歳三次第だな」

「そうですか……」

はっきりとは言わなかったが、やはりあの場に狩野遊山が現われたということは、あの男が裏で糸を引いていると考えた方がいいだろう。

狩野遊山は、意味もなく自分の姿を晒したりしない。それに、嘘か真かは分からないが、狩野遊山は、邪魔者を始末するとき、幽霊にまつわる怪異を巧みに利用すると言われている。

此度の一件に、深く関わっていると考えるべきだろう。

そこまで考えが及んだところで、遼太郎は一気に気が重くなった。自分が狩野遊山に気付いたように、狩野遊山もまた、遼太郎のことに気付いたはずだ。

いや、むしろ、遼太郎がいるからこそ、あの場に姿を現わしたと考える方が自然だ。

箱根で出会ったお七といい、人知れず逃げて来たつもりだったが、既に居場所がばれてしまっているということだ。

やはり、このまま浮雲たちと行動を共にするのは危険かもしれない。一緒にいれば、彼らに害が及ぶのは明らかだ。

「余計な考えは起こすな」

遼太郎の心情を見透かしたように、浮雲がぴしゃりと言った。

「何のことですか?」

「何でもねぇよ」

「はあ……」

「とにかく、歳三が戻って来るまで、少し休んでおけ」

浮雲は、そう告げると寝返りを打って遼太郎に背を向けてしまった。

八

——これはかなり拙いな。

歳三は、目の前に立つ黒頭巾を被った男を睨み付けた。

その出で立《た》ちや持っている武器からして、この男が間者——忍びの類いであることは間違いない。

圧倒的な優位に立ちながら、無闇矢鱈に襲って来ないところからも、相当に場慣れしていることが窺える。

何とか応戦したいところだが、歳三は手持ちの武器がない。何より、千代に打たれた毒のせいで、身体が痺れて思うように動かない。視界が歪み、消えそうになる意識を繋《つな》ぎ止めるのがやっとだ。

　こんな状態で戦うのは絶望的だ。

「お前は何者だ？　なぜ、おれの命を狙う？」

　歳三は、絞り出すようにして頭巾の男に訊ねる。

　本当はそんなことを知りたいわけではない。こうやって間を繋いでおけば、毒からの回復が見込めるかもしれないし、誰かが通りかかれば逃げ出す機会もある。

　だが――。

　頭巾の男は何も答えなかった。

　ただ、作業をするように歳三の前に歩み寄ると、静かに刀を振り上げた。余計な感情を全て排除し、ただ歳三の命を狩りに来る。

　――これまでか。

　歳三が奥歯を噛み締めるのと同時に、ドスッと何かがぶつかり合う音がした。

　頭巾の男と、歳三の間に、凄《すさ》まじい速さで影が割り込んで来て、振り下ろされた刀を凌いだのだ。

　影の正体は――。

「そ、宗次郎《そうじろう》」

　歳三は驚愕の声を上げた。

宗次郎は、まだ十三歳の童で、小柄でかわいらしい顔立ちをしている。だが、そうした見た目に反して、剣の腕はめっぽう強い。天然理心流《てんねんりしんりゆう》の道場の中で、一、二を争う実力がある。十人の山賊を、たった一人で打ち倒してしまうほどの腕を持っている。

天賦の才とは、まさに宗次郎の為にあるような言葉だ。

「土方さん。こんなとこに這いつくばって、情けねぇな」

宗次郎が、木刀を肩に担ぎながら、からからと声を上げて笑う。

「どうしてお前がここに？」

「近藤《こんどう》さんに言われたんだよ」

「近藤さんが？」

近藤とは、天然理心流試衛館《しえいかん》の道場主、近藤勇《いさみ》のことだ。色々とあって、近藤とは懇意にさせてもらっている。歳三とは対照的に、義理人情を重んじる男だ。

「あんたたち、川崎宿で色々と問題起こしたんだろ。それを近藤さんが耳にして、心配だから後を追いかけろってね」

――そういうことか。

近藤のお節介に救われたということのようだ。

「二人揃《そろ》って、斬り捨ててくれる」

頭巾の男が口を開いた。

酷く嗄《しゃが》れている。元々の声というより、素性がばれぬように、敢えてそういう声を出しているといった感じだ。

「へぇ。やれんの？　言っておくけど、ぼくは強いよ」

宗次郎は、場の雰囲気にそぐわない笑みを浮かべると、びゅんびゅんっと無造作に木刀を振り回す。

「童が」

頭巾の男は、吐き捨てるように言うと刀を構えた。

——もう勝負はあったな。

歳三は内心で呟く。

頭巾の男が、刀を逆手に構えると、素早く距離を詰めて来た。

電光石火の速さだ。

並の人間なら、瞬く間に首と胴体が切り離されていただろう。だが、宗次郎には、その太刀筋が見えている。

案の定、宗次郎は後方に飛び跳ねながらゆらりと頭巾の男の刀を躱す。

まさか躱されると思っていなかったらしく、頭巾の男が信じられないというように瞠目《どうもく》する。

頭巾の男は、宗次郎のことを「童」だと油断した。それが、そもそもの間違いだ。

宗次郎は、童などと侮って勝てる相手ではない。

「それなりに速いけど、全然キレがないね」

宗次郎がからからと笑う。

「…………」

「どうしたの？　ぼくを斬るんだろ。早くしなよ」

宗次郎は、こいこいという風に手招きをする。

が、頭巾の男は、ここで激昂して突進して来るような愚か者ではなかった。宗次郎と一定の距離を保ちつつ間を計っている。

最初の攻撃を躱されたことで、それまでの油断を捨て去り、冷静に対応している。

この頭巾の男も、なかなか侮れない。

「来ないなら、こっちから行くよ」

宗次郎がにたっと笑う。

その刹那、歳三は頭巾の男の目が細められるのを見逃さなかった。

何かを狙っている——。

「宗次郎。止せ」

声を上げたが、宗次郎は止まらなかった。

宗次郎が一足飛びに懐に飛び込もうとしたまさにそのとき、頭巾の男は袖に隠し持っていたクナイを投げる。

額に穴が空くところだったが、宗次郎はすんでのところで身体を仰《の》け反《ぞ》らせるようにしてクナイを避ける。

恐るべき身体能力だ——。

しかし、そのせいで体勢を崩してしまった。

黒頭巾の男は、その隙を逃すまいと、すぐさま袈裟懸けに斬りかかって来る。

「うりゃ」

宗次郎は、かけ声を上げたかと思うと、崩れた姿勢から、伸び上がるようにして頭巾の男の腕を木刀で跳ね上げた。

頭巾の男の手から刀が滑り落ちる。

「惜しかったね。でも、ぼくの勝ちだ」

宗次郎は、木刀の切っ先を頭巾の男に突きつける。

あの体勢から、強引に身体を立て直し、反撃を加えるなど、いくら鍛錬したところでできるものではない。

宗次郎の生まれながらのしなやかさが為《な》せる業だ。

「ほら。さっさとその頭巾を取りなよ」

宗次郎が告げると同時に、ばんっと何かが弾けるような音がしたかと思うと、白い煙がものすごい勢いで噴き出し、みるみる辺りを包み込んでいく。

目眩《めくら》ましの煙玉のようなものを使ったのだろう。

「うげっ。何だよこれ」

宗次郎が声を上げる。歳三も、煙のせいで何度も噎《む》せ返ることになった。
ようやく、煙が薄まり視界が開けたときには、頭巾の男の姿は、どこにも見当たらなかった
――。

九

月明かりの中、ごぅ――と音を立てて滝が流れ落ちている。

そこに、一人の女が立っていた。

白い肌をしていて、酷く痩せていたが、それを補ってあまりある美しさを持った女だった。

その女は、遼太郎の方に顔を向け、何かを言った。

何を言ったのかは分からない。ただ、それはとてつもなく、恐ろしいことである気がして、指先が震えた。

痩せた女が、ゆっくりとこちらに近付いて来る。

遼太郎は、怖さから後退《あとじさ》ったが、背中に何かが当たった。濡れた岩だった。もう、これ以上、後ろに下がることはできない。

女がさらに近付いて来る。

そうなって、遼太郎は初めて女の眼が赤く染まっていることに気付いた。それも、左眼だけ
――。

その赤は、浮雲と同じ色だ。

だが、浮雲のそれとは、何かが違った。

「自分の役目を忘れたの？　あなたは、私と同じ、ただの人形なのよ――」

今度は、女の声がはっきり聞こえた。

いったい何が同じなのか？　人形とは、いったいどういうことなのか？　考えてみたが答えは出なかった。

「どうしても嫌だと言うなら――」

女は静かに、そして冷たく言うと、すっと右手を上げた。

その手には細長い刃物が握られていた。

――逃げなければ。

遼太郎は、女の脇をかいくぐるようにして走り出した。

必死に、ただ必死に走る。

このことを、あの人に伝えなければ――そう思った。

あの人とは、いったい誰のことだ？

――分からない。

そもそも、あの女はいったい何者だ？

考えている間に、何かに躓き、前のめりに倒れ込んでしまった。すぐに立ち上がろうとしたが、その前に背中に激痛が走った。

冷たい痛みが、皮膚を突き破り、ずぶずぶと肉に食い込んでくる。そして――。

「うわぁぁ！」

遼太郎は、堪らず叫び声を上げた。


「うるせぇ」

いきなり頭を小突かれた。

はっと目を向けると、そこには口をへの字に曲げた浮雲の姿があった。

――あれ？

さっきまで遼太郎は滝にいたはずだ。蜘蛛ヶ淵の滝に。それなのに、今は畳の敷かれた部屋にいる。

「いつまで寝ぼけているつもりだ」

浮雲が呆れた調子で言いながら、ガリガリと髪を掻く。

――ああ、そうか。

宿の部屋に戻って来てから、うたた寝をしてしまっていたということのようだ。

「さっきのは夢だったのか……」

遼太郎は呟きつつため息を吐いた。

頭の奥が、ずんずんと響くように痛んだ。それだけではない。背中にも、刺すような痛みが残っていた。

さっき見た光景が、再び頭の中を過る。

「本当に夢だったのでしょうか？　私には、とても夢とは思えなくて……」

夢として納得しかけたが、やはりおかしい。夢にしては、あまりに明瞭に覚えている。普通は、もっと朧気で細かい内容など忘れているもののはずだ。

それればかりか、水の冷たさや、触れた感触。それに痛みまで残っているのはおかしい。

「だろうな」

浮雲があくびを噛み殺しながら答える。

「へ？」

「たぶん、お前が見たのは単なる夢ではない。記憶さ――」

「記憶？　いや、しかし、私には全く覚えのない出来事でした」

片眼が赤いあの女は、初めて見る顔だった。それに、あれが記憶だというなら、あのとき殺されていなければならない。

だが、遼太郎はこうして生きている。

「だからさ。お前が見たのは、今、お前に憑いている幽霊の記憶なんだよ」

浮雲は、さも当然のことのように言うが、遼太郎は余計に混乱する。

「ど、どういうことですか？」

「何度も言わせるな。今、お前には女の幽霊が憑いている。蜘蛛ヶ淵の滝から、ずっとついて来ていたんだ。お前は、その女の記憶を見たんだよ」

「そ、そんなこと言って、騙されませんよ」

底意地の悪い浮雲のことだ。幽霊が憑いているとか、妙なことを言って、遼太郎を怖がらせようとしているに違いない。

その手に乗るものか。

「お前を騙したところで、何の得にもならん」

「いいえ、私をからかうつもりなのでしょう」

「阿呆が。からかうつもりなら、もっと大げさに騒いでいる。それに、お前なんぞからかっても、少しも面白くない」

そう言った浮雲の表情は真剣そのものだった。

では、さっき浮雲が言ったことは本当なのか？　いや、そう簡単に信じることはできない。

「そもそも、どうして私に幽霊が憑いているなどと分かるのですか？」

「お前、忘れたのか？　おれには見えるんだよ――」

浮雲は、そう言うと両眼を覆っていた赤い布を、はらりと解いた。

深紅に染まったその双眸に見据えられ、遼太郎は言い返せなくなってしまった。あの滝で浮雲が打ち明けてくれた。

その赤い双眸で死者の魂を見ることができるのだ――と。

「あの――もし、そうだとしたら、私はこのままで大丈夫なのでしょうか？」

幽霊が憑いているなら、一刻も早く祓った方がいい気がする。

「大丈夫かもしれねぇし、大丈夫じゃねぇかもしれねぇ」

「そんな。憑きもの落としなのですよね。祓ってはもらえませんか？」

「簡単に言うな。幽霊ってのは、お札や経文を唱えて祓えるようなものじゃねぇんだよ」

「え？　違うのですか？」

てっきり、そういうものだと思っていた。

「幽霊ってのは、妖怪や化け物の類いとは違う。幽霊は、この世に未練を残して死んだ人間の魂なんだ」

「そうですね」

言われてみれば、その通りだ。

幽霊が死んだ人間の魂だとするなら、あくまで生きている、死んでいるの状態の違いこそあれど人間なのだ。

「お札を貼り付けようが、経文を唱えようが、それで幽霊の未練が晴らされることはない」

「では、どうするのですか？」

「なぜ現世を彷徨っているのか、その原因を見つけ出し、取り除いてやるんだよ」

「理に適《かな》っていますね。つまり、私に憑いている幽霊が、なぜ彷徨っているのかを調べ、それを取り除くというわけですね」

遼太郎は、思わず膝を打った。

「飲み込みが早いな」

浮雲がにやりと笑った。

「そうですか」

「まあ、そういうことだから、お前に憑いている幽霊を祓うためにも、お前が夢で何を見たのかを話せ――」

「はい」

もし、さっき見たものが、幽霊の記憶なのだとしたら、その内容を調べることで、幽霊が彷徨っている訳を見つけ出すことができる。

遼太郎が話し出そうとしたところで、すっと襖が開いた。

部屋に入って来たのは歳三だった。そして、もう一人――木刀をぶら下げた十二、三歳の子どもの姿があった。

「やっぱりお前か、宗次郎」

浮雲が言うと、宗次郎と呼ばれた子どもは「へへっ」と笑ってみせた。

「川崎宿での騒ぎを耳に入れた近藤さんが、応援として宗次郎を送り込んでくれたようです」

歳三がそう言い添える。

「相変わらずのお節介だな」

「そうでもありません。宗次郎がいなかったら、私は死んでいたかもしれません」

歳三が言うのに合わせて、宗次郎は得意そうに鼻を擦った。

話の流れからして、歳三が危険な目に遭ったところを、宗次郎が助けたということのようだが、本当かどうか怪しい。

こんな子ども一人で、何かできるとは思えない。

「ねぇ、あんた——」

宗次郎が、ずいっと遼太郎に歩み寄る。

「え？」

「今、子どものくせに——とか思っただろ」

「そんなことは……」

——思った。

「言っておくけど、ぼくは、あんたの百倍強いぞ。道場では、師範の近藤さんの次に強いんだからな」

師範の次に強いなんて、いくら何でもそれは言い過ぎだ。道場に二人しかいないなら頷けるが、そうでないなら、過ぎた自信と言わざるを得ない。

己を過信すれば、必ず足を掬われることになる。

「今、莫迦にしただろ。分かるぞ」

宗次郎が食ってかかってきたが、歳三が「まあまあ」とそれを宥めた。

威勢がいい上に、少しばかり気が短いようだ。

「それで——何があった？　お前が殺されそうになるなんて、よっぽどだろう」

浮雲が咳払いをしてから歳三に声をかける。

歳三は小さく頷き、宗次郎と並んで座ってから話を始めた——。

十

歳三は、改めて植松屋で聞き知った話、それに千代に襲われた一件を仔細《しさい》に浮雲に語ることになった——。

幸いにして、身体の痺れはもう引いている。

即効性はあるが、あまり強い毒ではなかったようだ。正直、それが歳三には解せない部分だった。

もし、千代が歳三を殺したいと思っているなら、死に致る毒を仕込めばよかった。

ああやって待ち伏せていたのだから、事前に用意することはできたはずだ。にもかかわらず、痺れ薬を使い、刺客をけしかけるような真似をしたのはなぜか？

歳三を試そうとしているのか？　或いは、何か目的があってわざと生かされているのかもしれない。

心のどこかで、歳三を殺したくないという、千代の思いがあるのでは？　と妙な期待を抱いてしまう部分もある。

ただ、それは甘さだ。自らの命を失いかねない危うい甘さ——。

「なるほど。だいたいの話は分かった」

話を聞き終えたあと、浮雲が尖《とが》った顎に手をやり、呟くように言った。

表情こそ変わらないが、おそらく浮雲のことだ。今の話で一件の大筋を見抜いているに違いない。

「それで、そちらはどうだったのですか？」

歳三は、浮雲に訊ねる。

植松屋に足を運んでいる間、浮雲たちは絡新婦が出たとされる、蜘蛛ヶ淵の滝に足を運んでいたはずだ。

「あの場所には、女の幽霊がいた――」

浮雲が口にするのと同時に、遼太郎がビクッと肩を震わせた。

「どんな女です？」

「身なりからして、瞽女だった。歳三の話から推察するに、おきみという女なのかもしれんな」

植松屋の嫡男、藤一郎と恋仲にあった女――おきみ。

幽霊となって彷徨っているということは、あの滝で藤一郎と一緒に殺されたのだろう。

「今の話からすると、その藤次郎って奴がプンプン臭うな。何せ、兄がいなくなって、一番得をするのは、次男坊だからな」

口を挟んできたのは宗次郎だった。

歳三も、口にこそ出さなかったが、同じことを考えていた。

千代が此度の一件に関係していることは間違いない。千代が藤次郎をそそのかし、絡新婦の怪異に見せかけ、兄の藤三郎を葬ったというのが、もっとも筋が通る気がする。

「そうだな。ただ、一つだけ引っかかることがある――」

浮雲が赤い双眸をすっと細める。

その眼力は、周囲を呑み込む迫力がある。

「何が引っかかるんです？」

歳三が問うと、浮雲はふうっと長いため息を吐いた。

「蜘蛛ヶ淵の滝に、あの男がいた」

「あの男とは？」

「狩野遊山――」

浮雲がその名を出すのと同時に、部屋の気配が重くなった気がした。

言葉巧みに人の心の隙に入り込み、破滅へと誘う呪術師。これまで、幾度となく相まみえてきた男だ。

呪術だけでなく、剣の腕も並外れていて、歳三はもちろん、浮雲や宗次郎も歯が立たない。

もし、あの男が此度の一件に関与しているのだとすると、一筋縄でいかないのは確かだ。

「へえ。あいつも関わっているんだ――」

そう言った宗次郎の顔は、引き攣っていた。

以前、宗次郎は狩野遊山に赤子のようにあしらわれている。一度敗北した相手に臆するのではなく、そのときの仕返しをしようと目論んでいるあたりが、宗次郎らしいといえばらしい。

気概はいいが、残念ながら今の宗次郎では、狩野遊山に歯が立たないだろう。会わないことを祈りたい。

「気になるのは、それだけじゃねぇ」

浮雲は、ちらりと遼太郎に目を向けた。

その眼差しを受け、遼太郎が怯えたようにビクッと肩を震わせる。

「まだ、何かあるのですか？」

歳三が問うと、浮雲は大きく頷いた。

「遼太郎。さっきの話の続きだ。お前が見た夢の内容を話してくれ――」

――ほう。

遼太郎が幽霊が憑き易い性質であることは、浮雲から聞かされている。今の言い様からして、どうやら遼太郎には、おきみの幽霊が憑いているらしい。

おきみの記憶を、夢として見たということだろう。

しばらく、俯くようにして黙っていた遼太郎だったが、やがて覚悟を決めたのか、咳払いをしてから話を始めた。

「蜘蛛ヶ淵の滝に一人の女がいました。その女は、左眼が――赤かったんです」

遼太郎は、目を浮雲に向ける。

――左眼が赤い女。

おそらく、それは千代に間違いないだろう。つまり、おきみと千代は、何らかの関わりがあったということだ。

「何か言っていたか？」

浮雲が先を促す。

「はい。その女は、自分の役目を忘れたのか――と責め立ててきました。どうしても嫌ならと、細長い刃物を出して、私に振り下ろそうとしました。だから、私は、必死に逃げたんです。でも――」

そこまで言ったところで、遼太郎が息を詰まらせた。

目にじんわりと涙が浮かんでいる。

ここまで感情が乱されるということは、記憶を夢として見たというより、おきみの気持ちをそのまま追体験したといった感じなのかもしれない。

「ゆっくりでいい。それで、どうなった？」

浮雲が、遼太郎の背中をさすりながら言う。

しばらく苦しそうにしていた遼太郎だったが、やがて顔を上げる。

「背中に刃物を突き立てられて……痛みもそうなのですが、それ以上に、ただ、悲しくて、悲しくて、私はどうしたらいいのか……」

遼太郎は、ぐっと唸ったかと思うと、ぼろぼろと涙を零して泣き始めた。

憑いている幽霊の感情を、まともに受け取ってしまっているのだろう。

「おきみという女は、誰かを守るために、あの左眼の赤い女に抗おうとしていた――私には、そう思えてならないのです」

しばらくの後、遼太郎はゆっくり顔を上げた。

その目から既に涙は消えていた。

幽霊の記憶を見るということは、心に相当な負担がかかるはずだ。それでも尚、こうして冷静に推察できるのは大したものだ。

優しくはあるが、それだけでなく、芯が強いのだろう。

「お前のお陰で、何が起きているのかが分かったよ」

浮雲は、労るように遼太郎の肩を叩いた。

「では」

歳三が目を向けると、浮雲は大きく頷き、金剛杖を手に立ち上がった。

「絡新婦を退治しに行くとしよう――」

そう告げる浮雲の表情は、どこか悲しげなものだった。

十一

夜更けにもかかわらず、浮雲は植松屋に行くと言い出した――。

遼太郎は「日を改めた方が……」と進言したのだが、浮雲はそれを受け容れようとはしない。

「このままだと、新たな犠牲者が出る」

それが浮雲の言い分だった。

絡新婦が出るのは、蜘蛛ヶ淵の滝だ。あの場所に行かなければ、誰も犠牲にならない気がする。

ただ、ここまで浮雲が頑固に言うからには、何か訳があるのだろう。

結局、遼太郎は浮雲と一緒に、植松屋に足を運ぶことになった。歳三はもちろん、宗次郎という少年も一緒だった。

てっきり門前払いを食うかと思ったが、応対に当たった女中に、歳三が「怪異を祓いに来ました」と告げると、あっさり中に通された。

行灯《あんどん》の明かりが灯る客間で待っていると、一人の青年が入って来て「藤次郎です」と名乗った。

この人が、植松屋の次男坊というわけだ。

思っていたよりずっと若い。疲れきっているせいか、どこか頼りない風に見受けられた。

「こんな夜更けにすみません。怪異について、火急の用件があった故、どうかご容赦下さい」

歳三が丁寧に頭を下げたあと、浮雲が何者であるかを紹介した。

そのままの流れで、遼太郎や宗次郎のことも、適当に言い添えてくれたので、それに合わせて頭を下げる。

「それで、火急の用件というのは、どういったことでしょう？」

藤次郎が、おずおずとした調子で訊ねてくる。

さっき、宿で話していた感じでは、藤次郎がもっとも怪しいということだった。兄である藤一郎から、跡取りの座を奪うために、怪異に乗じて亡き者にしたというのが、宗次郎の読みだ。

しかし——と遼太郎は思う。

根拠を示せと言われると困るが、何かが違うような気がしていた。そんな風に感じるのは、おきみの記憶を見たからなのだろうか。いや、あれがそもそもおきみの記憶とは断言できない。ただの夢かもしれないのだ。

「殺されたお前の兄のことだ——」

浮雲が告げると、藤次郎の表情が一気に強張《こわば》った。

「は、はい」

藤次郎の返す声は、掠れていて、酷く弱々しかった。

「お前は、どうして兄が死んだかを知っているな」

「絡新婦に……」

「それが違うということを、分かっているはずだ」

浮雲が身を乗り出し、ずいっと藤次郎に詰め寄る。

墨で描かれた眼で睨まれ、恐れをなしたのか、藤次郎は表情を硬くして身体を反らした。

「な、何のことでしょう」

「ほう。惚けるか」

「と、惚けてなど……」

「言っておくが、おれに嘘は通じない——」

浮雲は、そう言うと両眼を覆った赤い布をはらりと解いた。

赤い双眸を向けられ、藤次郎の表情は、さっきとは比較にならないほどに強張った。

「ひっ、ひぃ……」

「いいか。おれのこの赤い眼は、嘘を見抜く。どんなに誤魔化そうと無駄だ」

浮雲の赤い両眼は幽霊が見えるとは言っていたが、嘘を見抜くなんて話はひと言もしていなかった。

おそらく、はったりなのだろう。そうやって、藤次郎に本当のことを喋らせようとしている。

「わ、私は……」

「いいか。このまま誤魔化し続ければ、お前は間違いなく死ぬぞ――」

浮雲は藤次郎の耳許まで顔を近付け、囁くように告げた。

「…………」

藤次郎の額から、汗がつつっと流れ落ちる。

「本当のことを言え。お前は絡新婦の正体が、何者なのか気付いているんだろう？　だから、絡新婦を討伐しようと人を雇う父親を止めようとした――」

そう言えば、歳三がそんなことを言っていた。

藤次郎が、絡新婦の一件を終わりにしようとしている節があることから、藤次郎に対する疑念が強くなったと言ってもよいだろう。

「そ、それは……」

「大丈夫だ。お前が首謀者だとは思っていない。お前は、父親とこの店を守るために、何とかしようとしていたのだろう」

「ち、違います。私は……」

「安心しろ。お前のことは守ってやる。全てを吐き出せ」

浮雲は藤次郎の肩に手を置いた。

一瞬、呆けたように天井を見上げた藤次郎だったが、やがて観念したのか、ふうっと息を吐いてから喋り始めた。

「兄が死ぬ前、私に文を残していました。そこには、瞽女にそそのかされて、倒幕を目論む連中に支援をしてしまっていた――ということが記されていました」

黒船が来航して以来、幕府の弱腰の姿勢に不満を募らせ、倒幕を目論む輩がいるという話はよく耳にする。

しかし、それは単に諸外国に対する姿勢に納得いかないといった単純なものではない。おそらくこれまで積み重なってきた幕府に対する不満が、黒船をきっかけに噴出したに過ぎない。

中には、戦国時代のように、これを機に天下を取ろうという野心に満ちた者もいるだろう。

いずれにせよ、江戸幕府は沈みゆく船であることに変わりはない。

だから、遼太郎は――。

「その瞽女とは、おきみのことだな？」

浮雲に問われ、藤次郎は「はい」と顎を引いて頷いた。

「つまり、おきみは藤一郎に恋い焦がれていたのではない――ということですか？」

遼太郎が問うと、浮雲はわずかに目を伏せた。

「そうだ。おきみは、藤一郎を騙すために、奴に近付いたのさ」

浮雲の声が無情に響く。

遼太郎には、それが信じられなかった。それは、おきみの記憶に触れているからだろう。

「ちょ、ちょっと待って下さい。おきみさんは……」

堪らず口にした遼太郎だったが、浮雲に「今は黙っていろ」と制された。

口は閉ざしたものの、納得はできていない。遼太郎が見たのが、おきみの記憶であるとするなら、そこには深く強い情があったはずだ。

「なるほど。瞽女屋敷は、倒幕派の連中の隠《かく》れ蓑《みの》だったというわけですね。そして、金づるとして両替商である植松屋に目をつけ、おきみを使って藤一郎をそそのかした」

歳三の説明に、浮雲が頷いた。

「まんまと藤一郎をたぶらかし、金を得ていたが、それは長続きはしなかった。藤一郎が、利用されていることに気付いてしまった。それで、弟の藤次郎に文を残し、おきみと話をつけようとした。そこで――」

「殺されることになったというわけですね」

歳三が浮雲の言葉を引き継いだ。

「それを知っていて、なぜこれまで黙っていたのですか?」

遼太郎が疑問をぶつけると、藤次郎がきっときつい目で睨んできた。

「言えるわけがありません。そんなことをすれば、私や父だけでなく、この店で働く者、全てに害が及びます」

噛み締めるように口にした藤次郎の身体は、怒りを宿したように震えていた。

「そうだな。今回の一件は、おきみが単独でやったことではない。裏で糸を引いている人間がいたのさ。しかも、瞽女屋敷に巣食う、倒幕派を標榜《ひょうぼう》した蜘蛛の一派だ。その人数が、いかほどかは分からない。下手に動けば、さっき藤次郎が言ったように、店ごと血祭りに上げられることにもなりかねない」

浮雲の話を聞き、遼太郎は得心した。

背後に潜む者が誰なのか分からない状況では、動くに動けない。

おまけに、父である藤宜が絡新婦退治のために雇った者たちが、次々と死んでいくのを見て、藤次郎は益々、恐怖にかられていたに違いない。

怪異に見せかけ、平然と命を奪うような連中なのだ。余計な動きをみせれば、それこそ藤次郎の命はない。妹や藤宜にも害が及ぶことになる。

こういうとき、誰かに相談すべきだとか、勝手なことを言う輩がいるが、それは状況を分かっていないからこその言葉だ。下手に喋れば、死ぬかもしれないというときに、ペラペラと口を滑らせるような愚か者はいない。

お上に頼ろうものなら、それこそ、藤次郎たちがどうなるか分かったものではない。

倒幕派を支持していたなどと疑われでもしたら、藤次郎を始めとした植松屋の者たちには、厳しい刑罰が科せられることになるだろう。

まさに八方塞がり。

それは、遼太郎の置かれた立場とよく似ていた。

派閥による権勢の争いが起きている中では、おいそれと本音を口にすることはできない。思わぬところに伏兵が潜んでいるものだ。

「ついでに言えば、藤宜は病に臥せっているのではない。おそらく、蜘蛛の一派に毒を盛られている」

浮雲がそう言い添えると、藤次郎は「やはり……」と呟くように言いながら肩を落とした。

「いずれにせよ、瞽女屋敷の蜘蛛の一派は、藤宜を毒殺したあとに、藤次郎――お前を殺すつもりだ」

浮雲の言葉は重かった。

さっき、浮雲が藤次郎に、「誤魔化し続ければ、お前は間違いなく死ぬぞ――」と口にしたのは、単なる脅しではなかった。

今の状態を続けていれば、やがて綻びが生じ、藤次郎の命すら危ういという本気の忠告だったのだろう。

「で、この一件は、どう収めるつもりですか？」

歳三がすっと目を細める。

これだけの事態を、浮雲はどうやって収拾するつもりなのか？　遼太郎が目を向けると、浮雲は面倒臭そうにガリガリと髪を掻いた。

「どうも、こうもねぇよ。向こうからお出でになったようだ」

――どういう意味だ？

考えているうちに、音もなく襖が開いた。

十二

開かれた襖の向こうには、一人の男が立っていた――。

植松屋の番頭、義助だった。

「やはり、あなたでしたか――」

歳三はそう告げると、ゆっくりと立ち上がった。

夜道で歳三を襲撃した男。頭巾を被っていたので、顔を見ることはできなかった。だが、あのとき無理に声色を変えていた。

なぜ、声を変える必要があったのか？　それは、地の声で喋ると歳三に正体がばれる恐れがあったからだ。

それが分かれば、あとは当てはまる者を絞るだけだ。

「あなたたちが、余計なことを嗅ぎ回るからいけないのですよ」

義助は、先刻会ったときとは全く異なり、冷めた目をしていた。

人のいい番頭は演じたものだったのだろう。そうやって入り込むことで、植松屋の面々を見張っていたに違いない。

おそらく、藤宜に毒を盛ったのも義助だろう。

「ここで姿を現わしたということは、この場の全員を始末するつもりですね？」

歳三の問いに、義助は答えなかった。まあ、それこそが答えということだろう。さっきは痺れ薬のせいで思うように動けなかったが今は違う。

きっちり借りを返させてもらうとしよう。

「その目——噂の通り狼《おおかみ》ですね」

義助が蔑んだ目を向けてきた。

「どんな噂を聞いたかは知りませんが、さっきのようにはいきませんよ」

歳三は、傘に隠しておいた仕込み刀を取り出した。

鞘から細身の刀身を引き抜く。行灯の明かりを受けて鈍く光る鋼の刀身を見ていると、腹の底から黒くぬらぬらとした衝動が湧き上がってくる。

己の中に、人を斬りたいという衝動が眠っていることを、改めて思い知らされた。

「それは承知しています。ですから、こちらも相応の準備をさせて頂きました」

義助が合図するのと同時に、ドタドタと床を踏みならして、刀を携えた大勢の男たちが部屋の間口にわらわらと集まって来た。

おそらく、二十人はいるだろう。

「人数が多けりゃいいってもんじゃないっての」

宗次郎が気怠《けだる》げに言うと、すっと木刀を構えた。

まったく宗次郎に同感だ。人数がいればいいというものではない。まして、部屋の中での闘いにおいて、余剰の人数は動き難くなり、かえって足手まといになる。

「さて——」

歳三も仕込み刀を構えたのだが、すぐに浮雲に肩を摑まれた。

「歳三。分かっていると思うが、殺すなよ」

浮雲らしい言葉だ。

幽霊を見ることができる浮雲は、殺生を極端に嫌う。殺したところで、その恨みが晴れることがないことを知っているからだ。

まったく、この男がいると自由に人を斬れないのが玉に瑕だ。やり難くて仕方ない。ただ、浮雲がこういうことを言うのは、予め承知している。

「安心して下さい。才谷さんを見倣って、これは刃引きですよ」

川崎で会った武士、才谷は、人を殺《あや》めないように刃引きの刀を持ち歩いていた。歳三は、それを参考に、仕込み刀の刃を引いておいた。

「刃引きの刀などで、太刀打ちできるとでも思っているのか。うつけめ！」

義助が刀を抜いて斬りかかって来た。

素早く半身になりその攻撃を躱しつつ、すぐに踏み込んで義助の首の辺りを打ち付けた。

刃引きの刀では斬ることはできない。

だが、鋼で殴打されて平然としていられる人間などいない。その一撃で、義助は昏倒してしまった。

それが合図であったかのように、男たちがわっと部屋の中に押し入って来る。愚策にも程がある。

間口は限られているのだから、入って来られる人数は絞られる。

しかも、他の人と押し合いへし合いなので、ろくに間合いを取ることもできない。

「何だよ。せっかく楽しめると思ったのに、これじゃ打ち込み稽古と変わらないじゃないか――」

宗次郎は、ぼやくように言いながら、部屋に入って来た男たちを次々と木刀で薙《な》いでいく。その様は、宗次郎が表現した通り、道場での打ち込み稽古と大差ないものだった。

烏合《うごう》の衆にも程がある。

「もう少し、マシな連中を用意できなかったのですか？」

一通り打ち倒したところで、歳三は部屋の向こうの闇に向かって声をかける。

「この者たちは、ただの足止めですから――」

冷たい声とともに、すうっと闇の中から女が――千代が歩み出て来た。

「足止め……。なるほど。瞽女屋敷の後始末といったところですか」

「ええ。あそこには、知られたくないものが、幾つかありましたから、この隙に処分させてもらいました」

瞽女屋敷に向かう道中、歳三を襲ったのも、そこに行かせないようにすることが目的だったというわけだ。

今、千代は知られたくないもの——と言ったが、おそらくは、会わせたくない人の方が正解だろう。

千代は、倒幕を目論む一派に肩入れをしている。瞽女屋敷には、その中心人物などが滞在していたのだろう。

それも、相当に身分の高い、かつ幕府に通じるような人物——。

狩野遊山がこの地に姿を現わしたのも、その辺りの事情を探ろうとしてのことなのだと考えると納得できる。

「それで、これからどうするのです?」

「別に何もしませんよ。もう、植松屋に利用するだけの値打ちはありませんから。あなたも、やることは分かっていますね」

千代は背中を向け、そのまま歩き去ろうとする。

「待て!」

声を上げて後を追おうとした歳三だったが、倒れていた男の一人がゆらりと立ち上がり、行く手を阻んだ。

義助だった——。

「このままでは、終われませんよ」

義助は、血走った目を歳三に向ける。

そのまま斬りかかって来るのかと思ったが、そうではなかった。自らの首筋に刀をあてがうと、迷うことなくぐっと押し込んだ。

首の血の管が裂け、夥《おびただ》しい血飛沫が舞った。

そうか。最後に千代がかけた言葉は、歳三ではなく、義助に向けられたものだったのだ。秘密を守るために、この場で死ねという指示だったというわけだ。

残酷な言葉を冷酷に言い放ち、己はその隙に悠々とこの場を立ち去る――。

歳三は、千代という女の恐ろしさを改めて思い知らされた。

十三

遼太郎は、蜘蛛ヶ淵の滝に足を運んだ――。

昨日、ここを訪れたときは、酷く禍々しい場所に思えたのだが、太陽の光が当たるのを目にすると、また違った心持ちになる。

抜けるような青い空の下、白い水飛沫を立てながら流れ落ちる滝は、何とも言えない美しさだった。

「何を見ている?」

浮雲に問われて、遼太郎ははっと我に返る。

「いえ。ただ、本当はこんな風に美しい場所だったのだな——と思いまして」

「ああ。そうだな」

「昼と夜とで、こうも違うとは思いませんでした」

「いや、それだけじゃないさ」

「え？」

「お前が、この滝を美しいと感じるのは、おきみの想いを知ったからだろう」

——そうかもしれない。

昨日は、この場所で何が起きたのかを知らなかった。だからこそ、得体の知れない怖さを感じた。

だが、今はそうではない。遼太郎は、この場所で何があったのかを知っている。

「すみません。遅くなりました」

藤次郎が息を切らしながら、こちらに歩み寄って来た。胸の前には骨壺を抱えている。

「来たか」

浮雲は、金剛杖を肩に担いで藤次郎に向き直る。

「あの——どうして、兄の遺骨を持参する必要があったのですか？」

藤次郎は困惑した様子だが、おきみの記憶を見た遼太郎には、その考えが何となく了解できた。

「その骨壺を、川の畔《ほとり》に置いてくれ」

浮雲が金剛杖で指し示した。

藤次郎は、戸惑いながらも、骨壺をそっと地面に置く。

「どうしてこんなことを？」

藤次郎が問うと、浮雲はふっと小さく笑みを漏らした。

「お前の兄と、おきみの間には、大きな行き違いがあった。だから、それを解いてやるのさ」

「行き違いを解くとは？」

「本気で想い合った二人だ。必ず分かり合えるさ」

浮雲は、そう言うとその場に座り込み、流れ落ちる滝を眺めながら、瓢に直接口をつけて酒を呑み始めた。

藤次郎は訳が分からず、ぽかんとしたままだ。

おきみは、千代という片眼の赤い女の手下だった。最初は藤一郎を騙すために近付いた。だが、途中から情に流されたのだろう。

藤一郎を本気で好きになってしまったのだ。

だから、千代の命に背いて藤一郎を助けようとした。だが、それは叶わなかった。その前に千代の手にかかって殺されてしまったのだ。

おきみが、死んだあとも尚、この滝で彷徨い続けているのは、何とかして藤一郎を救いたかったからだろう。そして、謝りたかったのだ。

騙してすまなかった——と。

いや、それだけではない。きっと、おきみは藤一郎に本当の想いを告げたかったのだろう。いかに、自分が藤一郎を好いているのか。

それを考えると、遼太郎は胸が締め付けられるように苦しくなった――。

おきみに同情したというのもあるが、それだけではない。

想いを寄せた男のために、自らの命を賭して運命に抗おうとした女――おきみ。その強さに憧れ、自分のことを責めたのだ。

重圧に耐えきれず、己の運命から逃れ、こうして当てもなく旅を続けている自分の意気地のなさが、ほとほと嫌になった。

浮雲は、「逃げればいい――」そう言ってくれたが、本当にそれでいいのだろうか。

そのことを考えずにはいられなかった。

目を前に向けると、ほんの一瞬だが、寄り添うように立っている男と女の姿が見えた。遼太郎の願望が生み出した幻なのかもしれない。それでも、あれが藤一郎とおきみであったと思いたい。

命を落とすことになってしまったが、それでも――二人は分かり合うことができたのだと。

「ふむ。これでいい。そろそろ行くとするか」

浮雲は、ゆっくりと立ち上がった。

「あの……」

藤次郎がおずおずと声をかける。

「安心しろ。もうこの滝に絡新婦は出ない。藤一郎も、安心して旅立った」

浮雲は、それだけ言い残すと、滝に背を向けて歩き出した。

遼太郎は、藤次郎に一礼してからその後に続いた。

「終わりましたか？」

街道に出たところで、木に寄りかかるようにして待っていた歳三に声をかけられた。隣には宗次郎の姿もある。

「ああ。お前の方はいいのか？」

浮雲が問うと、歳三の表情が一瞬だけ歪んだ。

おそらく千代という女についてのことだろう。詳しい事情は分からないが、歳三とあの千代との間には、何かしらの因縁があるようだった。

「いいも悪いもありません。こちらから、どうこうできるものでもありませんから」

歳三はそう言って、小さく笑みを浮かべた。

「そうか。では、行くとするか――」

浮雲たちが歩き出す。

遼太郎は、そこで足を止めてしまった。このまま、後を追っていいのか？　そんな迷いが生まれたからだ。

だが――。

「何をもたもたしてんだ。おいていくぞ」

浮雲が振り返りながら、気怠げに声をかけてきた。

「は、はい」

遼太郎は返事をするとともに歩き出した。

この先のことは分からない。ただ、もう少しだけ、浮雲たちと一緒に旅を続けたい。そんな風に思った――。

黒龍の祟り

一

月明かりの中、お里《さと》は、子どもの宗太《そうた》の手を引いて必死に走った――。

振り返ると、宗太は困惑した表情を浮かべていた。自分が置かれている状況が分かっていないのだろう。

それでも、母であるお里に従って、必死に足を動かしている。

お里は、宗太の手をぎゅっと強く握る。

自分はどうなっても構わない。でも、この子だけは――宗太だけは、逃がしてやりたい。

「いたぞ！」

「岬の方に向かっているぞ！」

潮騒に混じって、声が追いかけてきた。

このままでは、すぐに捕まってしまう。もっと速く――その焦りが、お里の足を搦った。

「あっ！」

お里は、声を上げると同時に転んでしまった。

「おっ母ちゃん。おっ母ちゃん」

宗太が、不安な顔をしながらお里の顔を覗き込んで来た。

「大丈夫よ」

お里は立ち上がると、宗太の手を取って再び走り出したが、すぐに足を止めることになった。

「いたぞ！」

「こっちだ！」

前からも、松明《たいまつ》を持った男たちが駆け寄って来るのが見えた。

引き返そうかとも思ったが、背後からの声も、どんどん近付いてくる。道を外れて、山側に逃げようとしたが、行く手を阻むように松明の明かりが見えた。

仕方なく、海の方に足を向けたが、すぐに行き詰まった。

目の前は、崖になっていた。覗き込むと、ごつごつとした岩があちこちに突き出ていて、そこに波が当たり大きな飛沫を上げていた。

飛び降りようとも思ったが、岩にぶつかって死ぬのがおちだ。運良く岩に当たらなかったとしても、これだけ海が荒れていたら、流されてしまう。

どちらにしても助からない。

――私は、どうしたら？

お里が振り返ると、宗太が息を切らしながら見上げていた。

無垢《むく》なその瞳を見て、やはり守らなければと思うのだが、こんなところに追い詰められてしまっては、もはや打つ手がない。

お里の中に絶望が広がっていく――。

「気は済みましたか？」

お里の耳に、声が届いた。

ふと目を向けると、いつの間にかすぐ目の前に女が立っていた。

巫女《みこ》装束を身に纏った女。顔には、「龍」と書かれた薄布がかかっていて、その顔をはっきりと見ることはできない。

「さあ。その子を渡して下さい」

女がすうっと手を伸ばす。

お里は、宗太を奪われまいと強く抱き締めた。

だが、心のどこかで分かっていた。こんなことをしても仕方がない。この岬に逃げ込んでしまった時点で、自分たちの運は尽きたのだ。

身体が震えた。それは、恐怖や悲しみからくるものではない。絶望からくる震えだった。

「おっ母ちゃん」

宗太が、お里の腕の中で声を上げた。

「宗太……」

いつの間にか、松明を持った男たちが、お里と宗太の周りを取り囲んでいた。

男の一人が、強引に宗太を連れ去ろうとする。

「宗太！」

お里は、必死に宗太の手を握り、引き離されまいと抗う。

腕が千切れたって構わない。何があっても宗太の手を離さない。そう思っていたはずなのに、力が入らない。

宗太と目が合った。

どういうわけか、宗太は怖がる様子もなく、穏やかな表情を浮かべていた。

「おっ母ちゃん……………」

宗太が何かを言ったが、途中から潮騒に飲み込まれた。

気付いたときには、お里は宗太の手を離していた。守ると、あれほど強く誓ったはずなのに、宗太の手は、するりとすり抜けていった。

再び手を伸ばして、宗太の手を握り返すべきだった。分かっているのに、どうしても身体が動かなかった。

それはきっと、心の何処かで安堵していたからだ——。

これでもう逃げなくていい——そう思ってしまったのだ。お里は、自ら子を見捨てたのだ。

男に抱きかかえられ、遠ざかっていく宗太の顔には、笑みが浮かんでいた。とても哀しげな笑みだった。

きっと分かってしまったのだろう。自分が、母親に見捨てられたことを。

だから宗太は――。
お里は叫んだ。何に対してなのか分からない。ただ、身体の内側から湧き出る衝動を吐き出した。

二

岬に出ると赤い海が広がっていた――。

夕陽を受けてのことだと分かっているのだが、それでも、遼太郎には海が血で満たされているように見えてしまった。

岩に当たって砕ける波が、血飛沫のように思えて、薄ら寒くなる。

「どうした？」

声をかけてきたのは、遼太郎の隣を歩く男――浮雲だった。

髷も結わないぼさぼさ頭で、白い着物を着流し、肌の色は着物の色よりなお白い。

空色の生地に雲の模様をあしらった袢纏を羽織ってはいるが、旅をしているにしては軽装だ。

何より奇異なのは、両眼を赤い布で覆っていることだ。

金剛杖を突いているが、盲人というわけではない。布越しにちゃんと見えている。

浮雲の両眼は、目の前に広がる海のように赤い色をしている。ただ赤いだけではなく、その双眸には死者の魂――つまり幽霊が見える。

両眼を覆う赤い布は、赤い瞳を隠すためらしい。だが、赤い布には墨で眼が描かれていて、余計に目立っている気がする。

「いえ。何でもありません……」

遼太郎は、首を左右に振ったが、浮雲はそれで納得はしてくれなかった。

「何もないことはないだろ。怯えた顔をしているぞ」

遼太郎の心中を見透かしたように言う。

浮雲は、いつも気怠そうにしているのだが、時折、こういう勘の鋭さを見せる。もしかしたら、浮雲に見えているのは幽霊ではなく、人の心なのではないかとすら思う。

「大したことではありません。ただ、海の色が――とても恐ろしいと感じただけです」

観念して口にした。

浮雲のことだから、「何だそんなことか」と莫迦にするかと思っていたのだが、意外にも神妙な顔で「そうだな」と呟く。

そして、ゆっくりと両眼を覆った赤い布を上にずらすと、眼を細めて海を見やった。

「この海では、たくさんの人が死んでいるからな……」

浮雲の発した声に、どきりとする。

他の者が言ったのなら、これほどまでに驚くことはない。だが、幽霊が見える浮雲が言うと、言葉の重みが違う。

「見えるのですか？」

「ああ。多分、高潮で死んだ者たちだろうな。海を彷徨い、蠢いている――」

――ああ。そうか。

この辺りは、水運の拠点だったが、寛永《かんえい》の時代に高潮による壊滅的な害を被った。何とか復興したものの、延宝《えんぽう》の時代に、またも高潮に襲われ、多くの人が命を落とした。

ほんの一瞬だが、海でもがき苦しむ数多の亡者の姿が見えた。

遼太郎は、浮雲のように幽霊が見えるわけではない。ただの錯覚なのだろうが、それでも、背筋がぞくっと震えた。

ふと目を向けると、そこに小さな祠《ほこら》のようなものがあった。高潮で亡くなった人たちを祀《まつ》ったものかもしれない。

――怖れてはかわいそうだ。

遼太郎は内心で呟き、自分の気持ちを切り替えた。

天災によって、命を落とした哀れな人たちなのだ。現世を彷徨っているのも、そうした無念からだろう。怖れるべきではない。何もできないが、せめて弔う気持ちを持とう。

遼太郎は、祠に向かって静かに手を合わせて黙禱《もくとう》する。

「妙な奴だ――」

浮雲が鼻を鳴らして笑う。

「何が妙なのですか？」

「見ず知らずの者に、手を合わせることが――だよ」

「死者を弔うのは、そんなに変だとは思いません」

遼太郎が答えると、浮雲は布を元に戻してから、首を左右に振った。

「お前が幽霊に憑かれ易いのは、そういうところかもしれねぇな」

「そんな……」

これまで自分で感じたことはなかったが、浮雲が言うには、遼太郎は幽霊に憑かれ易いらしい。

そんな話は認めたくないが、箱根でも三島でも、幽霊に取り憑かれたのは事実だ。

浮雲たちがいなかったら、どうなっていたか分からない。

「気をつけろよ。下手に同情すれば、付け込まれる」

「そういうものですか？」

「ああ。そういうものだ。まあ、幽霊に限らず生きた人間もそうだ」

浮雲の声は、酷く空虚だった。

遼太郎は、頷くことも、首を振ることもできず、改めて海に目を向けた。

確かに浮雲の言う通りかもしれない。生きていても、死んでいても、弱みに付け込むのが人というものだ。

「そんなところに突っ立って、何をしているのですか？」

声をかけてきたのは、土方歳三だった。

石田散薬と書かれた大きな笈を背負った薬の行商人だ。商売人らしく人当たりはいいのだが、その眼光は鋭く、どこか得体の知れないところがある。

浮雲と共に、箱根の峠で出会い、こうして一緒に旅をしている。

「風情があると思ってな――」

浮雲が答えると、歳三はふっと息を漏らして笑った。

「酒と女のことしか頭にないあなたが、風情とは。明日は、槍《やり》でも降りそうですね」

「おれを何だと思ってんだ」

「さっき言ったではありませんか。酒と女にしか興味のないぼんくらです」

「お前のようなバラガキに言われたくねぇ」

子どものように言い合う浮雲と歳三を見て、遼太郎は思わず笑ってしまった。

その途端、浮雲の墨で描かれた眼で睨まれた。

「何がおかしい?」

「あ、いや別に……」

しどろもどろになったところで、「ねぇ。早く行こうよ」と声が割って入った。

少し先に、ぶんぶんと木刀を振り回している宗次郎の姿があった。

宗次郎は三島で合流した少年で、浮雲や歳三とは知った仲らしい。普段の立ち居振る舞いは、年相応の子どもなのだが、剣の腕は驚くほど強い。

三島の一件のときは、押し寄せて来た男たちを、木刀で軽くいなしてしまっていた。

「お腹空いた。眠い――」

宗次郎が、足許にあった小石を蹴りながらふて腐れたように口を尖らせる。

「暗くなる前に、行くとしますか」

歳三に促されて、遼太郎は頷き歩き始めた。浮雲は、まだ何か言いたそうだったが、結局、一緒に歩き始めた。

歩みを進めながら、遼太郎は改めて海に目を向けた。

相変わらず、水面は赤かったが、怖さよりも、哀しみに満ちているように見えた。

――チリン。

どこからともなく、鈴の音が聞こえた気がした。

聞き間違いだと思っていたのだが、再びその音は遼太郎の耳に届いた。

――チリン。

足を止めて慌てて振り返ると、少し離れたところに、若い僧侶の姿があった。

彼は、海に向かって静かに手を合わせていた。その姿は、何とも哀しげであり、そして美しくもあった。

こちらの視線に気付いたのか、僧侶は遼太郎に顔を向けた。

目が合うと、僧侶は目を細めて穏やかな笑みを浮かべ、遼太郎に会釈したあとに、その場を立ち去った。

「どうかしたのか？」

浮雲に問われ、遼太郎ははっとなる。

「あ、いえ。何でもありません――」

遼太郎は、そう答えて再び歩き出した――。

三

歳三たちが宿場町の入り口に辿り着いたときには、辺りはすっかり暗くなっていた――。

この辺りは海から離れた高台に位置している。

目を向けると、藍色に染まった海の上に、ぽっかりと月が浮かんでいるのが見えた。

「何か侘《わび》しい村だな」

浮雲が金剛杖を肩に担ぎながらぼやいた。

夜が更けているというわけでもないのに、人通りは少なく、村全体が静寂に包まれているように感じられる。

だが、それも致し方ないことだと思う。

「小さな宿場町ですからね――」

外れにある宿場町では、江戸のように、夜に呑み歩くようなことはない。人通りが少ないのは当たり前だ。

「旅籠はあるのか？」

「数は多くありませんが、あるはずです」

「お前の馴染みはあるのか？」

「いいえ、残念ながら。この辺りは、普段は素通りしてしまっています」

「これから探すのかよ」

「私は別に野宿でも構いませんよ」

寒くなってきたのは確かだが、凍えるほどではない。神社や寺の軒下という手もあるし、大して困りはしない。

「そうもいかねぇよ。雨の臭いがしてきた」

浮雲が鼻をひくつかせる。

言われてみれば、外気が湿り気を帯びているような気がする。空に目を向けると、さっきまで出ていた月が、分厚い雲にすっぽりと覆われてしまっている。

浮雲の言うように、これはひと雨くるかもしれない。

「手分けして探すことにしましょう」

歳三の言葉に、駄々を捏《こ》ねたのが宗次郎だった。

「ええー、やだよ。もう眠くて歩けない」

宗次郎が大きなあくびをする。目もとろんとしているようだ。

剣を握らせれば、大人をも圧倒する宗次郎が、こんな風に子どもの一面を見せたことに歳三は思わず笑ってしまった。

「笑うな！」

宗次郎は不機嫌に言うと、近くの茶屋の縁台に行き、そこに座り込んでしまった。

店は閉まっているとはいえ、勝手に座るのは拙い。そう思った矢先、茶屋の中から腰の曲がった老婆が顔を出した。

おそらく、縁台を片付けようとしているのだろう。

「すみません。今、どきますので。宗次郎。ほら立って」

歳三は、慌てて宗次郎の手を引っ張ったが、頑として動こうとしない。本当に妙なところで頑固になるのは困ったものだ。

「いえいえ。いいんですよ。後で片付ければいいですから」

老婆がくしゃっとした笑みを浮かべる。

「そういうわけには……」

「本当にいいのですよ。旅のお方たちですか？」

「ええ」

「そうですか。さぞお疲れのことでしょう。お気になさらず、少し休んでいって下さい」

そこまで言ってくれるのであれば、ここはご厚意に甘えておこう。歳三は「ありがとうございます」と礼を言ったあと、浮雲に顔を向けた。

「宗次郎が休んでいるうちに、今日の宿を探しに行くことにしましょう」

「そうだな」

「私も行きます」

すぐに遼太郎が声を上げる。

「いえ。私とこの男とで充分です。遼太郎さんは、宗次郎が粗相をしないか、見張っておいて下さい」

「誰が粗相などするもんか！」

歳三の言葉に、宗次郎がむきになって声を上げる。

――やはり子どもだな。

「とにかく、そこで大人しくしているんだぞ。行きましょう」

歳三は浮雲を促して歩き始めた。

「あの二人だけで大丈夫か？」

浮雲が、ちらりと振り返りながら口にする。

確かに我が儘放題の宗次郎が相手では、遼太郎は手を焼くかもしれない。が、歳三はさほど心配はしていない。

遼太郎は、ああ見えてしっかりしているし、とても聡明な男だ。

「何とかなるでしょう」

歳三は軽い調子で言うと、歩みを進めた。

通り沿いにある店は、軒並み閉まっていた。中には、旅籠らしき建物もあったが、やはり戸が閉まっている。

侘しいと感じるのは、無理からぬことだろう。

しばらく行ったところで、歳三はふと足を止めた。

何かがあったわけではない。

背後から何者かの気配を感じた。殺意や敵意とは違う。好意でないことは確かだが、ぬらぬらとして絡みつくような感じがする。

歳三は見つめてくる気配を辿って振り返る。

いた――。

少し離れた通り沿いの松の木の脇に、一人の女が立っていた――。

陰になっていて、その顔は分からない。

それでも、歳三はその女を知っているような気がした。

「何かいるのか？」

浮雲が異変に気付いたらしく、歳三に声をかけてきた。

歳三は返事をする代わりに、松の木を見るように目配せをする。

「偶々、あの場所にいた住人――というわけではなさそうだな」

歳三も浮雲と同じ考えだった。

あの女が何者かは分からないが、明らかにこちらを見張っている。だが、何のために？

考えを巡らせているうちに、女はくるりと背中を向けると、すうっと闇に溶けるように歩き去った。

「追いますか？」

歳三は、足を踏み出そうとしたが、浮雲が肩を摑んでそれを阻んだ。

「止せ。多分、誘っていたんだろうよ。わざわざ乗ってやることはねぇ」

「そうですね」

浮雲の言う通りだ。

あの女は、わざと自分の姿を見せたのだろう。そうしておいて姿を消す。不用意に追いかければ、それこそ罠《わな》に嵌《は》まりに行くようなものだ。

「あの女が何者かは分からんが、この宿場町に入ってから、どうも様子がおかしい」

浮雲が口許を歪めながら呟く。

やはり、この男も気付いていたようだ。歳三も、何ともいえない薄気味の悪さを感じていた。

もしかしたら、自分たちは図らずも、蜘蛛の巣に飛び込んでしまったのかもしれない。

四

「退屈だ――」

縁台に座っていた宗次郎が、足をばたばたさせながらぼやいた。

それを聞いた遼太郎は、思わずため息を吐く。

「だったら、土方さんたちと一緒に行けば良かったじゃないか」

「だって、もう歩きたくなかったんだもん」

宗次郎が、ふて腐れたように口を尖らせる。

「子どもみたいな駄々を捏ねたって仕方ないだろ」

「ぼくは子どもだ。だから、子どもみたいな駄々は捏ねる。当たり前じゃないか」

そう言って胸を張る宗次郎を見て、遼太郎は小さく首を左右に振った。

こんな風に開き直られたら、もはや返す言葉がない。それでいて、どこか憎めないところがあるのだから、本当に不思議な子だと思う。

「冷えてきましたね」

茶屋の戸が開き、奥に入っていた老婆が外に出て来た。

「そうですね」

昼間はそれほどではないが、日が落ちると冷えてくる季節になった。

「どうぞ。粗茶ですが、お飲み下さい」

老婆は湯飲みを載せたお盆を差し出して来た。

縁台を貸してもらっているだけでなく、お茶まで振る舞われるとは、何だか申し訳なくなる。

だが、宗次郎は遼太郎のように遠慮はなかった。

「いいね。あと、団子があれば最高なんだけどな」

宗次郎は無邪気に言いながら、湯飲みを手に取るとごくごくと凄い勢いで飲んでしまった。

あんな風に飲んで、熱くないのかと心配になったが、本人はけろっとしている。

「ささ。あなたもお飲みなさい」

老婆は、遼太郎の方に湯飲みを差し出して来る。

宗次郎のように、団子を要求するのはいかがなものかと思うが、断るのは失礼になる。遼太郎はありがたく頂戴することにした。

自分で思っていたより身体が冷えていたらしく、喉を落ちるお茶の温かさが染みた。

「ところでさ、あんたはどうして、土方さんや浮雲さんと一緒に旅をしているんだ？」

老婆が茶屋の中に戻ったところで、宗次郎が訊ねてきた。

そういえば、三島で合流してから、宗次郎とはろくに言葉を交わしていなかった。だから、遼太郎が浮雲たちと一緒にいる仔細については、一切、話していなかった。

ただ、どう話すべきか迷ってしまう。

遼太郎が浮雲たちと一緒に旅をしているのは、成り行きとしか言い様がない。

そのことを宗次郎に告げると、「ふーん」と声は上げたものの、納得した風ではなかった。

「あんたは、どこに行くつもりなんだ？」

宗次郎が別の問いを投げかけてきた。

その声は無邪気そのものなのだが、目だけは異様に鋭かった。

「えっと……尾張まで。父の遣いで……」

遼太郎が適当に答えると、宗次郎は肩を落として深いため息を吐いた。

「嘘だね」

「え？」

「あんたは嘘が下手だ」

「嘘じゃないよ。本当のことだ」

慌ててそう口にしたが、宗次郎の目から疑いの色が消えることはなかった。

「別に言いたくないならそれでいいけどさ。どうせ、遼太郎って名前も偽名なんだろ」

完全に見透かされている。

ただ、それを認めるわけにもいかず、「いや」とか「あの……」とよく分からないことを口にしながら、宗次郎から目を逸らした。

さらなる質問を受けるかと思ったが、宗次郎は興味を失ったのか、それきり何も言わなかった。

ほっとするのと同時に、自分の嘘のせいで、宗次郎の気分を害したのではないかと心配になった。

だからといって、宗次郎の方に顔を向けることができず、ただぼんやりと雲に覆われた空に目をやった。

「ねぇ――」

何となく気まずい雰囲気になったところで、誰かに呼ばれた。

だが、誰もいない。気のせいかもしれない。

辺りを見回す。

「どうしたんだ？」

宗次郎が訊ねてくる。

「いや。今、誰かに声をかけられた気がして――」

「何も聞こえなかったぞ」

「空耳だったかもしれないね」

きっと、風か何かで卓木が揺れる音を、人の声だと聞き違えたのだろう。そう納得しかけた遼太郎だったが、再び「ねぇ――」と呼びかける声がした。

今度は、さっきよりもはっきりとした声だった。

遼太郎は、しきりに辺りを見回す。

――いた。

最初に見たときは気付かなかったが、通りの脇にある茂みのところに、藍色の着物を着た少年が立っていた。

小柄で透き通るように白い肌をした少年だった――。

右目だけ開けて、じっと遼太郎を見ている。いや、そうではない。その少年は、左目の眼球がなかった。

瞼はあるのだが、その奥にあるはずの眼球がなく、黒い穴がぽっかりと空いている。

「ねぇ。代わってよ」

少年は、何とも楽しそうに笑いながら言った。

――代わる？　いったい何のことだ？

「それって、いったいどういうことなんだ？」

そう訊ねると、少年は、すうっと手を上げて人差し指で遼太郎を指した。

「おいらの代わりに……に……てよ……」

ガサガサッと草木が揺れる音に紛れて、肝心な部分が聞き取れなかった。

でも、それはとても大切なことであった気がした。

「君は――」

遼太郎が呼びかけると、少年はくるりと踵を返し、茂みの奥へと駆け出して行ってしまった。

それを追いかけるように遼太郎は駆け出した。自分の意思でそうしたのではない。まるで、少年と縄で繋がれているかのように、自然と身体が引き摺られた。

「おい。どこに行くんだよ」

宗次郎が声をかけてきたが、それでも、遼太郎は立ち止まることができなかった。どうして、後を追いかけているのか、自分でもよく分からない。それでも――。

あと少しで手が届く――そう思った矢先、何かに躓き、前のめりに倒れ込んでしまった。

一瞬、目の前が真っ暗になる。

「こんなところにいたのね……」

立ち上がったところで、囁くような声がした。

女の声だった。

――いったい誰だ？

顔を上げると、すぐ目の前に藍色の着物を着た女の姿があった。屈み込むようにして、遼太郎を覗き込んで来た。

遼太郎は、その顔を見て思わずぎょっとなる。

何日も湯を浴びていないのか、髪はぱさついていて、肌は土のような色をしていた。何より、遼太郎を見つめる目が異様だった。

大きく見開かれた眼球には血の管が浮き上がっていて、まるで赤く染まっているようだった。

「あ、あなたは……」

「良かった。今度こそ離さないから」

女はそう言うと、強く遼太郎の手を握った。

まるでやすりで擦られているような、がさついた感触だった。それでいて、妙な温かさがある。

「あ、あの……」

「さあ。逃げるのよ——」

女は遼太郎の手を引いて走り出そうとする。

「放して下さい」

遼太郎は、強引に女の手を振り解《ほど》いた。

——訳が分からない。

この女は、どうして遼太郎を連れて行こうとしているのだろう？　そして、どこに連れて行こうとしているのだろう。

「あなたは、何者ですか？」

遼太郎が問うと、女は髪をだらりと垂らして俯いた。

「……まったく……何で……私が……っていうのに……どうして……聞き分けのない……そんなだから……いっそ、ここで……」

女がぶつぶつと何事かを呟く。

何を言っているのか、はっきりと聞き取ることができない。ただ、この女が正気でないことは確かだ。

遼太郎は、一歩、二歩と後退る。

距離を取ってから、一気に逃げるつもりだった。だが、女はそれを察したのか、急に顔を上げると、獣のような叫び声を上げながら、真っ直ぐに突進して来た。

突然の動きに、遼太郎は虚を衝《つ》かれ、思わず尻餅をついた。

女が遼太郎に覆い被さろうとしたとき、バキッと何かが折れるような音がした。それと同時に、女が後方に弾《はじ》き飛ばされる。

——何だ？

混乱した遼太郎の目に飛び込んできたのは、宗次郎の姿だった。

その手には木刀が握られている。

おそらく宗次郎が、遼太郎を襲おうとした女を木刀で打ち倒したのだろう。

「急に走り出すなよ」

宗次郎は、このような事態にありながら呑気にあくびをしてみせる。

「あ、いや……」

「ていうか、あの女は誰？　あんたの母親じゃなさそうだけど」

「私にも分かりません。急に現われたので……」

「ふーん」

宗次郎は、興味なさそうに答えると、また大きなあくびをした。

そうこうしているうちに、女がゆらりと立ち上がった。右腕がだらりと垂れている。さっきの音は、女の右腕の骨が折れた音だったようだ。

女は、ふー、ふーっと息を荒くしながら、血走った目で遼太郎と宗次郎を睨んでいたが、やがて獣のような咆哮《ほうこう》を上げながら、その場から走り去って行った。

「何なんだ。あれ？」

宗次郎に問われたが、当然、遼太郎には答えようがなかった——。

五

「ごめん下さい——」

歳三は声をかけながら、古い寺の向かいにある〈富士見屋《ふじみや》〉という看板の掲げられた旅籠の戸を潜《くぐ》った。

「へい。いらっしゃいませ」

すぐに奥から、五十がらみの男が顔を出した。

丸顔な上に、禿頭でつるんとしているので、卵のように見える。満面の笑みを浮かべていて、いかにも人が好《よ》さそうだ。

「宿を探しているのですが……」

「二名様でございますか？」

「いえ。あと二人いるので、全部で四名です。空いてますか？　雑魚寝でも構わないので」

「へいへい。ご安心下さい。部屋は充分にございます」

「それは良かったです」

ここに来るまで、旅籠はあったが閉まっているところが多く、野宿をすることも覚悟していただけにありがたい。

「お連れの方は？」

「宿場の入り口の茶屋にいます。これから呼びに行きます」

「でしたら、うちの使いの者を走らせますよ。新太《しんた》。新太――」

男が呼ぶと、奥から奉公人と思しき少年が駆け寄って来た。歳の頃は、宗次郎より少し下くらいだろう。

かわいらしい顔立ちをしているが、表情に乏しく、陰鬱とした印象がある。

「新太。今から茶屋に行って、こちらのお連れさんを呼んで来てくれ」

「はい」

新太はか細い声で答える。

「いいか。くれぐれも言いつけを守るのだぞ。破れば、どうなるかは分かっているな」

「はい」

新太は、再び返事をすると、そのまま宿の外へ駆け出して行った。

男の脅すような口調に、引っかかりを覚えたものの、歳三は敢えてそれを指摘することはしなかった。

せっかく見つけた宿だ。来たばかりで余計なことを言えば、追い出されることになるかもしれない。

「申し遅れました。私、富士見屋の亭主の国三郎《くにさぶろう》と申します。以後、ご贔屓に――」

国三郎は、さっき新太に向けたのとは異なり、いかにも商人といった笑みを浮かべながら丁寧に頭を下げる。

「私は、見ての通り薬の行商人で土方歳三と申します。こちらは、憑きもの落としの先生で、浮雲と言います」

歳三が口にすると、国三郎は驚いたように目を丸くした。

「そうですか。憑きもの落としの先生でしたか。どうりで、漂う雰囲気が違うわけです」

国三郎は感心したように言う。

少し世辞が過ぎると思いはしたが、商人などは、だいたいこんなものだ。

「一つ訊いていいか？」

浮雲がぽつりと口にする。

「何でございましょう」

「あの絵は何だ？」

浮雲は、金剛杖をすうっと上げると壁に掛かった絵を指し示した。

そこには、大きく波打つ海の中から姿を現わす、黒い龍が描かれていた。その目は凶悪そのもので、神々しさというより、禍々しさが勝っていた。

旅籠の壁に掛けておくには、あまりに恐ろし気で、不釣り合いな絵のように思える。

「お見えになるのですか？」

国三郎が、僅かに声を震わせながら訊き返してきた。

浮雲は、赤い布で眼を覆い隠し、盲人のふりをしている。にもかかわらず、壁に掛けられた絵について問い質したら、驚きもするだろう。

盲人のふりをするなら、一貫した言動を保って欲しいものだ。

「浮雲は、江戸では名を知らぬ者がいないほど腕の立つ憑きもの落としでございます。目は見えなくとも、布に描かれた墨の眼は、万物を見通すのですよ――」

歳三は適当な嘘を並べる。

かなり無理な話だとは思ったのだが、国三郎は信じたらしく「へぇ、そいつは凄い」と感心しきりだった。

「それで、どうして黒龍の絵なんぞ飾っているんだ？」

浮雲が改めて問う。

「それは、黒龍調伏の絵ですよ」

答えたのは、国三郎ではなかった。はっと振り返ると、宿の出入り口のところに、若い僧侶が立っていた。

小柄で線が細く、まるで女のような顔をしていた。

「あなたは？」

「ああ。この方は、向かいのお寺の住職さんですよ」

国三郎が早口に言う。

「急に声をかけてしまってすみません。太玄《たいげん》と申します」

太玄と名乗った僧侶は、丁寧に頭を下げた。

「国三郎さんに提灯《ちょうちん》をお借りしていたので、それを返しに来たのですよ」

太玄は、そう言いながら提灯を掲げてみせた。

「これはこれはご丁寧に。明日でも構いませんでしたのに」

国三郎は、恐縮しつつ提灯を受け取る。

「そうしようかとも思ったのですが、前を通ったときに、絵の話が聞こえてしまいましてね。それで——」

太玄は、柔和な笑みを浮かべてみせる。

「この絵は、どういう出来があるのですか？」

歳三は、太玄に話を振ってみた。

「この辺りは、以前から高潮に悩まされているのはご存じでしょうか？」

「はい」

「その高潮の原因とされるのが、ここに描かれている黒龍でございます」

「災いをもたらした黒龍を、絵にして飾っているのはなぜですか？」

「その昔、ある高徳な和尚が、百人の僧を集めて黒龍調伏の祈禱を行ったところ、波が鎮まりました。しかし、代わりにその和尚は命を落としたのでございます。そのときの光景を描いたのが、この絵なのでございます」

太玄の説明を受けてから、改めて絵に目を向けると、海岸沿いに法衣を纏った和尚の姿が描かれているのが認められた。豆粒ほどの大きさなので、最初に見たときは気付かなかった。

「不気味な絵に見えるかもしれませんが、これは、黒龍の恐ろしさを表わしたものではなく、和尚の功績を称《たた》えるためのものなのです」

太玄は、誇らしげにそう話を締めた。

なるほど。そう聞くと、黒龍よりも、小さく描かれた僧たちが際だって見えるから不思議だ。

「もしかして、岬のところにあった祠は、それにまつわるものなのか？」

浮雲が訊ねると、太玄は嬉しそうに目を細めた。

「ご覧になりましたか。あれは黒龍を祀った祠なのでございます。和尚の遺言によって、今でも供物が納められています」

「高潮を起こした黒龍を祀っているのですか？」

「皆、祟《たた》りを恐れているんですよ」

「祟り？」

「ええ。黒龍が、いつまた高潮を引き起こすか分かりません。ですから、そうならないように祀っているのです」

自分たちに災厄をもたらしたものを祀るというのは、一見奇妙な行動だが、そうしたことは往々にしてある。

祟りを恐れ、神として祀る怨霊信仰ともいえるものは、広く根付いていて、枚挙にいとまがない。

「すみません。すっかり話し込んでしまいました。私はこれで――」

太玄は、再び丁寧に頭を下げると宿を出て行った。

入れ替わるように、新太に連れられて、遼太郎と宗次郎が旅籠にやって来た。どこで転んだのか、遼太郎の着物は泥で汚れていた。

「どうかしたのですか？」

歳三が訊ねると、遼太郎はばつが悪そうに俯く。

「茂みの中で、変な女に襲われたんだ」

遼太郎に代わって、宗次郎が笑いを含んだ口調で言う。

「変な女？」

歳三の脳裏に、真っ先に浮かんだのは、ここに来る途中、自分たちを見ていたあの女の姿だった――。

　あの女が、遼太郎たちにも害を加えようとしていたのだろうか。

「三島で遭った、あの女じゃないぞ」

　歳三の心中を見透かしたように宗次郎が言う。

「どんな女でした？」

「よく分からん。ぼろぼろの着物を着て、髪もぼさぼさで、物乞いみたいな女だ。いきなり遼太郎を襲おうとしたんだ」

　宗次郎の話は曖昧だったが、国三郎は思い当たることがあるらしく、「ああ」と沈んだ声を上げた。

「何か知っているのか？」

　浮雲が問う。

「おそらくですが、それはお里だと思います」

「どういう女だ？」

「お里は、憐れな女です。三年ほど前に子を亡くしましてね。それ以来、正気を失ってしまったんです。自分の子がまだ生きていると思い込んで、通りかかる子どもを手当たり次第に連れ去ろうとするんですよ。それで、近隣の者たちは夜には子どもを外に出さないようにしているんです」

「宗次郎ならまだ分かるが、遼太郎は子どもではないだろう」

浮雲が尖った顎に手をやりながら首を捻《ひね》る。

確かにそうだ。そうした事情があるのだとしたら、むしろ狙われるのは遼太郎より若い宗次郎の方だろう。

「最近は、誰も子どもを外に出さないものですから、若い男であれば誰でもいいという感じになっているんです」

「見境がなくなってしまったというわけですか……」

歳三は小さくため息を吐いた。

最初は、失った子どもを取り戻したいという思いから始まったことなのだろう。だが、それを繰り返していくうちに、手段であった連れ去りが、目的に切り替わってしまった。

もはや、自分が何をしているかすら、分かっていないかもしれない。

国三郎の言うように、憐れな女だ。

六

遼太郎は、新太の案内で、宗次郎と一緒に廊下を歩いた——。

ふと、さっき宿の前ですれ違った僧侶の顔が浮かんだ。ただ会釈しただけで、言葉を交わすこともなかったのだが、妙に気にかかった。知っている人物のような気がしてならなかったのだ。

「こちらです——」

新太が部屋の前で足を止め、襖を開けてくれた。

宗次郎は、遼太郎を押し退けて部屋の中に入ると、荷物を投げ捨て、そのまま畳の上にごろんと寝転がってしまった。

本当にこういうところは子どもっぽい。

部屋割りはくじで決めた。遼太郎と宗次郎が一階で、浮雲と歳三は二階の部屋にいるはずだ。

「案内して頂き、ありがとうございます」

遼太郎は、新太に礼を言って部屋に入ろうとしたのだが、「あの――」と呼び止められた。

「何ですか?」

「くれぐれも、お気を付け下さい」

「いったい何をです?」

「黒龍です」

新太は無表情に言った。

黒龍に気をつけるとは、いったいどういうことなのだろう? 訊ねようとしたのだが、そのときには、もう新太はいなくなっていた。

新太は表情だけでなく、存在感も薄く、まるで幽霊のようだ。いや、そんなはずはない。遼太郎は、苦笑いを浮かべつつ、部屋に入って畳に腰を下ろす。

見ると、宗次郎は、もう寝息を立てていた。

眠い眠いと言っていたが、本当にもう限界だったのだろう。

こうして寝顔を見ていると、どこにでもいる少年なのだが、剣の腕は途轍《とてつ》もない。お里という女に襲われたときも、宗次郎が駆けつけてくれなければ、遼太郎はどうなっていたのか分かったものではない。

もちろん、遼太郎も剣は学んでいる。

稽古ではそれなりにやれていたが、いざというときに身体が強張ってしまう。稽古と実戦では大きく違うのだということを、この旅で思い知らされている。

これは、元々の才能のなせるものなのか、それとも、潜り抜けてきた修羅場の数がものを言うのか？

もし、修羅場だとするなら、宗次郎はこの年齢で、どれほどの経験を積んできたのか？

最初は、宗次郎の過去に思いを馳《は》せていたが、次第にそれは自分のこととなって返ってきた。

茶屋の前で、宗次郎に問われたときは誤魔化したが、遼太郎が旅をしているのは、逃げるために他ならない。

これまで、寝る場所に困るような生活は送ってこなかった。食べるものも当たり前にあった。だが、その代わり、周囲の期待に応えるように振る舞わねばならなかった。

遼太郎は七男だった。農民なら、奉公に出されるのだろうが、遼太郎は、食い扶持《ぶち》に困るような立場ではなかった。だが、安穏と暮らせるわけではなかった。

父は厳格な人物だった。野心に溢れ、利用できるものは、何でも利用してきた。同じことを、子どもたちにも求めた。拒否することなどできなかった。少しでも期待を裏切れば、見限られて捨てられる。

　いや、殺される――。

　相手が誰であろうと、思い通りにならなければ、平然とその命を奪う。父は、そういう人だった。

　遼太郎も、生まれてすぐに母の許を引き離され、水戸《みと》で様々な教育を受けることになった。だが、それは、遼太郎を思ってのことではなく、駒として育てる為だった。

　それが証拠に父は、遼太郎と会っても、優しい言葉をかけたりするようなことはなかった。ただ、どの程度、使える駒に育ったのかを見定めるだけだ。

　それでも、父に認められるために――いや、見放されないために必死で精進した。

　十一歳の頃には、一橋家に養子に出され家督を継ぐまでになった。駒であったとしても、父に信頼された気がした。

　ところが、そうやって精進して頭角を現わすと、今度はそれを邪魔だと考える者たちが出てくる。

　ただ、父に認められたかっただけなのに、それが誰かの恨みを買うことになるなど、考えてもみなかった。

　気付けば、命を狙われるようになり、夜もおちおち眠れなくなった。

　周囲に信頼できる者は誰もいなかった。

　いつ何時、謀殺されるか分からず、常に怯えながらの生活を強いられることになった。

そのような生活は、次第に遼太郎の精神を蝕《むしば》んでいった。

そんな遼太郎を支えてくれたのは、剣術を指導してくれた一人の若い武士だった。

その武士は、とても厳しい人ではあったが、遼太郎が成長する度に褒めてくれた。遼太郎の身体を気遣い、何を考え、どう感じているのかを知ろうとしてくれた。

自分の中身に関心を持ってくれたのが、本当に嬉しかった。遼太郎にとっては、父同然だった。

だが――。

その武士は殺されてしまった。

倒幕派の密偵であることを疑われたのだ。だが、それが謀略であることは明らかだった。

それをきっかけに、遼太郎の中で何かがぷつんと切れた。

父の期待に応えることに、真価を見出《みいだ》せなくなってしまった。全てがどうでもよくなり、気付いたときには逃げ出していた。

遼太郎という名は偽名だ。死んだ武士の名をそのまま借りた。

もしかしたら、非業の死を遂げた遼太郎の代わりに、自分が遼太郎となって生きようとしたのかもしれない。

でも――その先に何があるのだろう?

こうやって逃げ続け、どこに向かおうとしているのだろう。

――逃げたいときは、逃げればいい。

三島で浮雲が言ってくれた言葉が、ふっと脳裏を過る。

自分は、いつか元の場所に戻る日がくるのだろうか？　いや、おそらくそれはない。逃げた段階で、もう父には見捨てられているはずだから……。

――駄目だ。私も眠くなってきた。

意識を保とうとするほどに、遼太郎の頭には霧がかかり、気付いたときには眠りに落ちていた。

…………。

…………。

……。


「起きて――」

誰かの声がした。

語りかけるような優しい女の声だった。

――母上？

暗闇の中で遼太郎は母の匂いを嗅いだ気がした。

甘く包まれるような匂い。

「逃げるのよ。早く」

――逃げる？　どこに？　どうして？　なぜ？

混乱しながら、遼太郎はゆっくり目を開けた。

そこにいたのは、母ではなかった。あの女だ。茂みで遼太郎に襲いかかって来た女。子どもを失ってから正気を失ってしまったお里という女――。

遼太郎を連れ去るつもりなのだろう。

まさか、宿の中まで追って来るとは、思いもよらなかった。

この女から早く逃げなければ。頭では分かっているのだが、どうにも身体が動かなかった。怖さでそうなったのではない。まるで、頭と身体が切り離されたように、言うことを聞かない。

お里が、遼太郎に向かってすうっと手を伸ばす。

――駄目だ。あの手に触れてはいけない。

心の中で強く念じたのに、その意思に背くように、遼太郎の手が自然とお里に向かって伸びていく。

指と指が触れ合った。

とても冷たい感触だった――。

お里は、そのまま遼太郎の手を強く握ってくる。

抗うことができない。

お里が遼太郎の手をぐいっと引く。

身体がふわっと浮いたような気がした。気付いたときには、お里に手を引かれて駆け出していた。

その先に何があるのかは、いつの間にか気にならなくなっていた。

七

歳三は、人の気配を感じ浅い眠りから目を覚ました――。

身体を起こして素早く目を走らせる。

すぐ傍らでは、浮雲が盃を持ったまま高鼾《たかいびき》をかいていた。他に人の姿はない。耳をそばだててみても、何の音もしない。静寂に包まれている。

だが――。

勘違いなどではない。確かに近くに人がいる。

――襖の向こうか。

歳三は襖を睨みつつ、笈に取り付けておいた傘を手に取る。これは、ただの傘ではない。仕込み刀になっている。

刀身が細く、心許ないが、何もないよりはマシだ。

「そこにいるのは分かっています。出て来たらどうですか？」

歳三は襖に向かって声をかける。

「やはり、あなたは気付いておいででしたか――」

すうっと襖が開いた。

そこに立っていたのは、深編笠を被り、ぼろぼろの法衣を纏った虚無僧だった。顔は見えないが、それでも歳三はその虚無僧が誰なのか分かった。

「狩野遊山――」

歳三がその名を口にすると、虚無僧はゆっくりと深編笠を取った。

やはり思った通り狩野遊山だった。

身なりはぼろぼろだが、線が細く整った顔立ちをしていた。女と見まごうほどだが、その見てくれに騙されてはいけない。

狩野遊山は、元々は狩野派の絵師だったが、今は呪術師として暗躍している男だ。しかも、剣の腕は滅法強い。

とてもではないが、仕込み刀で太刀打ちできるような相手ではない。

しかし――だからといって、歳三も易々斬られるつもりはない。

歳三は仕込み刀を抜き、狩野遊山に向けた。そんな歳三を見て、狩野遊山は、ふっと口許に小さく笑みを浮かべてみせた。

腕をだらりと垂らしたまま、刀を手に取ろうともしない。

お前など、相手にならないとあしらわれている気がして、怒りが沸々とこみ上げてきたが、感情に流されたのでは、余計に分が悪い。

「そう警戒しないで下さい。今は、あなたとやり合うつもりはありません」

狩野遊山が、涼やかな声で言う。

「それを信じろ――と?」

「ええ。もし、殺すつもりなら、とっくにやっています。私は、あなたが目覚める前から、ここに立っていたのですから」

おそらく狩野遊山の言葉に嘘はないだろう。

それ故に余計に恐ろしくなる。いったい、どれほどの間、自分は狩野遊山の存在に気付かず、眠りこけていたのだ。

「殺すつもりがないなら、なぜここにいるのです？」

歳三が問うと、我が意を得たりと言わんばかりに、狩野遊山が小さく顎を引いた。

「あなたにお伝えしたいことがあったのです」

「伝える？」

「ええ。あなた方が一緒に旅をしているお方のことです。今、遼太郎と名乗っている、あのお方ですよ」

――まさか。

「遼太郎さんを殺したのですか？」

「いいえ。そんなことはしません。私どもとしては、あのお方には、生きていてもらわねばなりません」

狩野遊山は、幕府に与《くみ》する呪術師だ。それが、こういう言い方をするということは、遼太郎の正体は、幕府の要人か、或いは関わりのある人物ということになる。

「彼は無事なのですね」

「今は──と申し上げておきます」

「何が言いたいのです？」

「みなまで言わずとも、もうお分かりでしょう。こんなところで、狸寝入りを決め込んでいる場合ではありませんよ」

狩野遊山は、そう言うと横になっている浮雲に目を向けた。

その言葉を受けて、浮雲は苦々しげに舌打ちをしながら、ゆっくりと身体を起こした。

──この男も、起きていたか。

それもそうだ。いくら酒に酔っているとはいえ、浮雲ほどの男が、このような場で眠りこけているはずがない。

「結局、てめぇは何が言いたい？」

浮雲は、立ち上がりながら金剛杖を手に取り、どんっと畳を突く。

「そう怒らないで下さい。私としては、遼太郎様には、生きていてもらわねばなりません。あなたたちからしても、成り行きとはいえ、親しくなった若者が死ぬのは、本望ではないはず」

「…………」

「利害が一致してます。そこで、用心を促そうと思っただけです」

「何が用心だ。遼太郎に死んで欲しくないなら、てめぇで助ければいいだろうが」

「それはできません」

狩野遊山がきっぱりと言う。

「なぜだ？」

「こちらにも、色々と事情というものがありましてね」

「政の話か。下らん」

浮雲が吐き捨てるように言った。

自身も皇族の血を引き、政に利用されそうになった経験のある浮雲だ。言葉に真情が籠もっている。

「同感です。しかし、人にはそれぞれ立場というものがあります」

「戯《ざ》れ言《ごと》を……」

「かもしれませんね。でも、あなたたちは、あの方を放っておけない。身分が何であれ、立場がどうあれ、見捨てることはできないはず――私と違って」

狩野遊山はそう言うと、深編笠を被り、くるりと向きを変えた。

背中を晒した今であれば、斬り伏せることができるかもしれない――一瞬、そんな考えが頭を過ったが、すぐに消し去った。

相手は狩野遊山だ。背後から斬りかかったとて、どうこうなるものでもない。

浮雲もそれを分かっているらしく、悠然と立ち去って行く狩野遊山を、無言のまま見送った。

「遼太郎さんの部屋に行きましょう」

狩野遊山の気配が消えると同時に、歳三は浮雲に声をかけた。

「そうだな」

浮雲が口許に苦い表情を浮かべながらも頷く。

狩野遊山の思惑通りに動くのは癪《しやく》だが、遼太郎を放っておくわけにはいかない。

歳三は、先に立って部屋を出た。

遼太郎は宗次郎と一緒の部屋にいる。宗次郎の強さは折り紙付きだ。そう易々とやられはしない。

そう思っているはずなのに、どうしてか胸が騒いだ。

階段を駆け下り、遼太郎と宗次郎がいる部屋の襖を勢いよく開けた。

部屋の中を見回して思わずぎょっとなる。

「何だ。土方さんか。そんなに慌ててどうしたの？」

宗次郎が目を擦りながら身体を起こした。まだ寝ぼけているらしく、動きが緩慢だ。

「遅かったか……」

後ろからついてきた浮雲が、落胆の声を上げた。

ただ一人、事情が分かっていない宗次郎が「どうかしたの？」と呑気に訊ねてきた。

「遼太郎さんはどこに行ったのです？」

歳三が問うと、宗次郎は「へ？」と素っ頓狂な声を上げたあと、きょろきょろと部屋の中を見回す。

「あれ？　いない。どこ行ったんだ？」

――何ということだ。

狩野遊山の言っていたことは、本当だったようだ。

それにしても――宗次郎に気付かれることなく、いったいどうやって遼太郎を連れ出したのか？

それを解決しないことには、遼太郎の居場所を突き止めることはできないだろう。

歳三は、改めて部屋の中を見回す。壁際に、遼太郎の荷物が置いたままになっている。争ったような形跡もない。

「宗次郎。何か思い当たることはないか？」

歳三が問うが、宗次郎はまだ眠いらしく、ぼんやりとしたまま返事がない。

「宗次郎」

改めて呼びかけると、はっとして宗次郎がようやく顔を上げた。

「分かんない。土方さんに起こされるまで、ずっと眠ってたから……」

旅の疲れもあってか、宗次郎は完全に寝入ってしまっていたようだ。無防備に眠りこけるとは――剣の腕は立つが、こういうところはまだまだ子どもだ。

「どうかされましたか？」

ドタドタと慌てた調子の足音とともに、宿の亭主の国三郎が駆け寄って来た。

よほど急いでいたのか、額に薄らと汗が浮かんでいる。

「この部屋にいたはずの遼太郎が、いなくなっている」

浮雲が告げた。

「散歩にでも出かけたのではありませんか」

国三郎は、首を傾げながら言う。

「こんな夜更けにか？」

浮雲が、墨で描かれた眼で国三郎を睨み付ける。浮雲が気にしているのは、夜更けという刻限のことより、狩野遊山の言葉だろう。

狩野遊山は、わざわざ歳三たちの前に姿を現わした上で、遼太郎に危険が迫っていることを忠告しに来た。

その直後に、遼太郎はこうして姿を消してしまったのだ。

いずれにしても、遼太郎を見つけ出すために、できるだけ多くの話を集めるのが先決だ。

「国三郎さん。何か物音を聞いたりしませんでしたか？」

歳三が訊ねると、国三郎は「いいえ。私は何も……」と首を左右に振った。

「宿の出入り口は戸締まりしていたのですか？」

「ええ。しっかりと内側から閉めておりました」

歳三は確かめるために、宿の出入り口に移動した。

戸に支《か》っていたはずの心張り棒が外れていた。

「開いていますね」

「おかしいですね。確かに、心張り棒をしたはずなのですが……」

国三郎が戸口を確かめながら首を捻っている。

記憶違いなのか、誰かが外したのかは分からないが、遼太郎が外に出ることができたのだけは確かだ。

「あの……」

奉公人の新太が、奥からひょっこり顔を出した。

「さっき、皆さんのお連れさまが、宿を出て行かれましたよ」

「見たのか？」

浮雲が、ずいっと新太に詰め寄る。

「あ、はい。後ろ姿だけですが、その戸口から外に出て行きました」

「一人だったのですか？」

歳三が問うと、新太は困ったように眉を下げた。

「多分、お一人だったかと……」

遼太郎が自分の意思で外に出たのか、連れ去られたのかは分からないが、外に出たことは間違いないようだ。

「行きましょう」

歳三は浮雲と宗次郎を促すと、戸を開けて外に出た。

いつの間にか雨が降り出していた。夜の闇と相まって見通しがきかない。

遼太郎がどこに向かったのか、まるで手掛かりがない。こんな状態では、闇雲に捜しても見つけるのは難しいだろう。

「何の騒ぎですか？」

不意に声をかけられた。

目を向けると、傘を差して立つ、襦袢姿の太玄の姿があった。騒ぎを聞きつけ、寺から出て来たというところだろう。

もしかしたら、太玄は何かを見聞きしているかもしれない。歳三は、掻い摘《つ》まんで事情を説明する。

「それは、大変なことになりましたね」

太玄が沈痛な面持ちで言う。

「何か知りませんか？」

歳三が問うと、太玄は「実は――」と語り始めた。

「先刻、外に松明の明かりのようなものが見えました。こんな夜更けにおかしいなと思い、こうして外に出て来たところ、あなた方に会ったというわけです」

太玄の見たという松明は、遼太郎を連れ去った者たちが持っていたものかもしれない。

「その松明は、何処に向かったか分かりますか？」

「あちらの方だと思います」

太玄が、茶屋のあった方向をすうっと指差した。

「分かりました。ありがとうございます」

「私も、この辺りを捜してみます」

太玄の申し出に礼を言いつつ、歳三は浮雲と宗次郎と共に駆け出した。

だが、大して進まぬうちに、浮雲が「待て」と肩を摑んで来た。

「何です？」

「妙だとは思わんか？」

「何がです？」

「宗次郎だ」

浮雲が、墨で描かれた眼でちらりと宗次郎を見る。

「寝入ってしまったことが——ですか？」

「そうだ。こいつは、これでも猫のように敏感だ。遼太郎が、部屋を出たことに気付かないってのが、どうにも引っかかる」

——なるほど。

さっき歳三は、宗次郎が疲れから眠りこけていたと決め付けたが、改めて聞かされると、確かに宗次郎が全く気付かなかったというのは、あまりにおかしい。

「もう一つ——」

「新太の言葉ですね」

歳三が先回りして言うと、浮雲は「ああ」と顎を引いて頷いた。

そこは歳三も気になっていた。新太の話には、間違いなく嘘がまじっている。だが、それを問い質したところで、本当のことは言わないだろう。

「それに――これもおかしいと思わんか？」

浮雲は、金剛杖でとんとんと地面を突いた。

泥濘《ぬかる》んだ地面を見て、歳三は、浮雲が何を言わんとしているのかを理解した。確かに、不自然と言わざるを得ない。

「どうします？」

歳三が問うと、浮雲はにっと口許に笑みを浮かべてみせた。

「色々と引っかかるが、ここで雁首《がんくび》並べていても何も始まらん。捜しに行くさ」

浮雲の言葉の中にある含みを、歳三は素早く感じ取った。

この男が、これまで数々の怪異を解決に導くことができたのは、単に幽霊が見えるからだけではない。

洞察力が並外れているのだ。

冷静に状況を検分し、そこから隠れた答えを見つけ出す。

「分かりました。では、私は宗次郎とこっちに行きます。あなたは、あちらに」

歳三は、それぞれ別の方向を指し示しながら言う。

浮雲は「分かった」と応じると、さっき来た道を戻るように駆けて行った。深い闇のせいもあり、その姿はすぐに見えなくなった。

「宗次郎。私たちは、こっちを捜しますよ」

歳三は宗次郎に声をかけると、勢いよく駆け出した。

八

遼太郎は、お里に手を引かれて走っていた――。

月が眩しいほどに輝いている。

自分は、いったいどこに連れて行かれるのだろう？　そもそも、なぜ、お里について来てしまったのだろう？

次々と頭の中に疑念が浮かぶ。足を止めるべきなのだろうし、お里の手を振り払うべきなのだが、どうしても、そうすることができなかった。

この光景は、自分であって自分ではない。そんな感じがしてならなかった。

「大丈夫よ。安心して。あなたを守るから――」

お里が振り返りながら言った。

茶屋のところで、遼太郎に襲いかかって来たときは、まるで般若《はんにゃ》のような形相だったのに、今はそうではない。

菩薩《ぼさつ》様のように、慈悲に満ち溢れている。

――いったい、何がお里を変えたのだろう？

それに、守るとはどういうことだろう？　遼太郎を何から守ろうとしているのだろう？

「わ、私は……」

「何も心配しなくていいのよ。何があっても、この手を離さないでね」

お里の声が耳朶《じだ》をくすぐる。

それは、とても穏やかで、心地好く、そして力強いものだった——。

「どこに行くつもりですか？」

遼太郎の問いに、お里は答えてはくれなかった。

ただ、ひたすらに走り続ける。

「待て！」

どこからともなく、怒声が聞こえてきた。

走りながらも、何事かと振り返ると、松明を持った幾人もの人影が見えた。彼らは、松明の他に鎌や鍬《くわ》、あるいは銛《もり》といったものを手に持っている。

あんな物を持って追いかけて来るなんて。捕まったら、何をされるか分かったものではない。

「振り返っては駄目。逃げるのよ」

お里は、そう言いながら、さらに強く遼太郎の手を引く。

あの人影が何者なのか、なぜ追いかけて来るのか分からない。ただ、お里は、あの者たちから遼太郎を守ろうとしてくれているようだ。

だから、遼太郎もお里から離れないように、握る手に力を込めて走った。

ところが、お里が何かに躓いて転んでしまった。

手が離れてしまう。

遼太郎は、倒れていたお里の顔を覗き込む。

お里は、「大丈夫よ」と口にしながらすぐに起き上がる。再び、手を取り合って逃げようとしたのだが、追っ手はもうそこまで迫っていた。

後ろからだけではない。前からも、松明を持った男たちが押し寄せて来る。

それでも、何とか逃げようとしたのだが、気付けば断崖絶壁に追い詰められてしまっていた。

お里は、遼太郎を庇うように強く抱き締めた。

不思議だった。追い詰められた状態であるにもかかわらず、お里の温《ぬく》もりに触れ、遼太郎は心から満たされた気分になった。

だが――。

一人の男が、遼太郎の身体を捕まえ、お里から引き剝がしてしまった。

お里は、腕を伸ばして遼太郎の手を摑んだ。この手を離したくなかった。だけど、幾人もの男たちが、お里を取り囲んでいる。

鍬や鋤《すき》を持ったその男たちの目は、まるで獣のようにギラギラとしていた。

――ああ。駄目だ。もう逃げることはできない。

遼太郎は、そのことを悟った。

怖かったし、哀しかった。だけど――だからこそ、せめて、お里だけでも助けたいと思った。

遼太郎は、お里の手を離した。

自分が犠牲になれば、お里が助かる。それが分かったからだ。

お里は、再び遼太郎を行かせまいと手を伸ばそうとしていた。

だが、お里は途中で動きを止めてしまった。

それでいい。もし、ここでお里が自分を摑んでしまったら、きっと一緒に殺されてしまうだろうから。

お里との間が、どんどん離れていく。

お里が哀しそうな顔をしながら、何事かを呟いた。はっきりと声を聞き取ることはできなかったが、その口は「ごめんなさい」と動いたように見えた。

なぜ、謝るのだろう。

それは、何に対する謝罪なのだろう。

お里の姿が、みるみる小さくなっていき、やがて闇に吞まれて見えなくなった。

九

歳三は、宗次郎と二人、夜の闇を走った——。

足許が泥濘んでいたが、そんなことを気にしている余裕はなかった。この宿場町に着いてから、ずっと嫌な感じがしていたが、それが的中したかっこうだ。

「こんな風に走り回ってて、見つかるの？」

隣を走る宗次郎が訊ねてきた。

別に、歳三は考えなしに走っているわけではない。これまでの経緯から、一つの推量が頭に浮かんでいた。

「宗次郎。一つ訊いていいか？」

「何？」

「宿場町に着いてから、何か口にしたか？　茶でも、菓子でも、何でもいい」

「何も……あっ！」

「何だ？」

「茶屋でお茶を出してもらった。土方さんたちを待ってるときに」

──やはりそうか。

「その茶は、遼太郎さんも飲んだのか？」

「うん。多分」

どうやら間違いない。もっと早くに気付くべきだった。そうすれば、遼太郎が連れ去られるようなことにはならなかった。

今さら悔やんでも遅い。とにかく、今は一刻も早く遼太郎を見つけなければならない。

やがて、街道沿いの茶屋の前まで来たところで、歳三は足を止めた。

雨の降りしきる中、軒下に女が立っていた。ぼろぼろの着物を着て、濡れた髪を垂らし、上目遣いにこちらを見つめている。

「あの女……」

宗次郎が持っていた木刀の柄に手をかける。

「知っているのか？」

「遼太郎を襲った女だよ」

——なるほど。

国三郎の話では、お里という名で、自らの子どもを失ってから正気を失い、見境なく子どもや若い男を自分の子どもだと思い込み、連れ去ろうとしているということだった。

確かに、あの女の目を見る限り、普通でないのは確かだ。しかし、それだけではない何かがある気がする。

「そうか。分かったぞ。あの女が、遼太郎を連れ去ったんだな」

宗次郎が木刀の切っ先をお里に向ける。

その敵意を察したのか、お里は「ぐぅぅ！」と妙な唸り声を上げたあと、泥を撥ね上げながら宿場町とは反対方向に走り出した。

「逃がすかよ！」

宗次郎が、すぐにお里の後を追って走り出す。

「待て！」

歳三は、慌てて呼び止めたが、雨音のせいか宗次郎には届かなかった。

宗次郎と一緒にお里を追うことを考えもしたが、結局、歳三はそうはしなかった。

お里に気を取られ、宗次郎は気付いていないようだったが、茶屋の中から、殺気とも取れる異様な気配が漂っていた。

下手に背中を見せれば、殺《や》られるかもしれない。

歳三は、ふうっと息を吐くと、茶屋の前に足を運び、戸を叩いた。

しばらく待っていると、すうっと戸が開き、腰の曲がった老婆が顔を出した。

「こんな夜更けに、どうかされましたか？」

老婆は、不思議そうに首を傾げながら訊ねてくる。

あまり芝居が上手いとは言えない。平静を装ってはいるが、表情は引き攣っているし、額には脂汗が浮かんでいる。

「少し訊きたいことがありまして」

歳三は、笑みを浮かべながら口にする。

「何でしょう？」

「薬は、どこで手に入れたのですか？」

歳三が訊ねると、老婆は眉間に皺を寄せ、不思議そうに首を傾げる。

「薬？　はて、何のことでございましょう？」

白々しい。口では惚けてみせているが、目がすっかり泳いでしまっている。

「先刻、ここに来た二人連れに茶を出しましたね」

「ああ。はい。出しました」

「その茶の中に、眠り薬を仕込みましたね」

遼太郎が部屋を出たことに、宗次郎が全く気付かないというのは、あまりに解せない。

おそらく、遼太郎と宗次郎は気付かぬうちに、眠り薬を飲まされていた。だから、宗次郎は遼太郎がいなくなっていることに気付かなかったのだ。

宗次郎は、宿場町に入ってから口にしたのは、この茶屋で出された茶だと言っていた。

つまり、この老婆が出した茶に眠り薬が仕込まれていたというわけだ。

「眠り薬なんて、そんな滅相もない」

「覚えがないと？」

「もちろんですとも」

「惚けても無駄ですよ。あなたが使った眠り薬には、ちょっと変わった性質がありましてね。水に濡れると、赤く染まるんです。あなたの指のように――」

老婆が慌てて自らの両手の指を確かめる。

やはり、嘘が下手なようだ。まんまと尻尾を出した。

「今のは嘘です」

歳三が告げると、老婆はよたよたと後退った。

嘘がばれたことで狼狽《うろた》えている。今なら、色々と聞き出すことができるだろう。できれば、遼太郎の居場所まで引き出したい。

「さあ。本当のことを話して下さい。あなたは、どこから薬を手に入れたのですか？　遼太郎さんを連れ去った目的は何ですか？」

歳三の質問から逃れるように、老婆はさらに後退る。

そんな風に間を取ったところで、逃げられるものではない。それは、この老婆も分かっているはずだ。

「正直に話して下さい。そうしないと、死ぬのはあなたの方ですよ」

歳三が告げると、老婆はふるふると首を左右に振った。

どうあっても喋る気はないようだ。どうして、自らの命を縮めるようなことをするのか、歳三には分からない。

「あなたは……」

言いかけた歳三の言葉を遮るように、老婆がどばっと大量の血を吐いた。

その胸からは、刀の切っ先が突き出ている。

位置からして肺を貫かれたのだろう。あれでは、もう助かるまい。

老婆は、そのまま前のめりに倒れ、ぴくりとも動かなくなった。土間にゆっくりと血溜《ちだ》まりが広がって行く。

そして――。

さっきまで老婆が立っていたところに、一人の女が立っていた。

赤い着物を着て、顔の左側を布で覆っている。美しくはあるが、酷く痩せていて、まるで死人のようだ。

いや、だからこそ美しいと感じるのか――。

歳三は、この女を知っている。

「やはりあなたでしたか。千代――」

歳三が静かにその名を呼ぶと、千代は薄い唇を吊り上げ、冷たい笑みを浮かべた。

十

遼太郎は酷く悲しい気持ちを抱えたまま、瞼を開いた。

お里の姿は、どこにもなかった。海の見える崖の上でもない。

畳が敷かれた部屋だった。行灯が一つ置かれ、橙色《だいだい》の光がゆらゆらと揺れている。

さっきまでの光景は、夢だったようだ。疲れて気付かぬうちに眠ってしまっていたのだろう。

それにしても、妙な夢だった。

見えたり聞こえたりしただけでなく、掌には、お里と手を繋いだときの感触が、鮮明に残っている。

自らの手を見つめながら、ふうっとため息を吐いたところで、遼太郎はようやく変事に気がついた。

遼太郎は、宗次郎と一緒に宿の部屋に入ったはずだ。だが、どこを見回してみても、宗次郎の姿は見つからなかった。

それだけではない。今いるこの部屋は、宿のそれとは明らかに違う。

畳は敷いてあるが、天井も壁も、板張りではなく、ゴツゴツとした岩に囲まれている。出入り口にあるはずの襖もなかった。代わりに、木の格子で仕切られていた。

何とか格子に付いている戸を開けようとしたが、錠《じょう》が取り付けられていて、押しても引いてもビクともしなかった。

どうやら、閉じこめられているらしい。

「すみません！」

遼太郎は、格子に張り付くようにして声を上げた。

声は、あちこちに反響したが、誰からも返事はなかった。

声の響き具合や、壁や天井の様子を見るに、ここは宿の中の一室ということではなく、どこかの洞窟のような場所だ。

自分で足を運んだ記憶はない。眠っている間に、連れて来られたのだろう。

――いったい誰が？

決めつけることはできないが、少なくとも、宿の外部の人間ではないことは確かだ。眠っているとはいえ、人一人を部屋から連れ出すのは大変な作業だ。宿泊客はともかく、宿の亭主である国三郎たちに気付かれずに、それを実行するのは困難だ。

「ということは……」

遼太郎が思わず声を漏らしたところで、小さい光がゆっくりとこちらに近付いて来るのが見えた。

人だ——。

誰かが提灯を持って、こちらに向かって歩いて来ているのだ。

遼太郎は、慌てて格子戸から離れて身構える。

次第に提灯を持った人物の顔が見えてくる。

「君は……」

格子の前に立ったのは、宿の奉公人の新太だった。

新太は何も言わずに、ただじっと格子の前に立っている。その目は、どこか虚ろだった。

「どうして私は、こんなところに閉じ込められているのですか？」

遼太郎が問うと、新太は「ごめんなさい」と小さい声で詫《わ》び、目を逸らした。

「教えて下さい。私を、どうしようというのですか？」

遼太郎は、格子に近付きながら訊ねる。

刺客に遼太郎を引き渡すために、こうして閉じ込めているのかと思ったが、それとは違うような気がした。

もっと、別の訳があるように思えてならなかった。

「黒龍様を鎮める為です……」

新太はか細い声でそう答えた。

「黒龍様？」

宿にあった、高潮の災いをもたらすという黒龍の絵が脳裏に浮かぶ。

「父さんと母さんは、黒龍のせいで死にました。だから、もうあんなことは……」

新太の目に涙が浮かんだ。

――そうか。そういうことか。

遼太郎は、ようやく何が起きているのかを知った。

この辺りは、高潮により多くの犠牲を出した。村人たちは、それを海にいる黒龍のせいだと信じている。多分、遼太郎は、高潮が起きないように、人身御供《ひとみごくう》として差し出されるのだ。だから、この場所に囚《とら》われている。

「ちょっと待って下さい」

遼太郎は、格子の隙間から手を伸ばして、立ち去ろうとした新太の腕を掴んだ。

「は、離して……」

「どうして、関わりのない私が人身御供なんですか？」

「宗太とお里のことがあったから、もう村の人間を人身御供にするのは、止めようってことになったんだ」

「宗太とお里――」

――そういうことか。

宗太というのは、死んだお里の子どもなのだろう。てっきり、病気や怪我で亡くなったのかと思っていたが、そうではなかった。宗太は、人身御供として黒龍に捧げられ、そのせいでお里は正気を失ってしまった。

だから、村人ではなく、旅人の中から人身御供を選ぶようになったという訳だ。

「君たちは、それに黙って従っているというのですか？　どうしてこんな……」

「だって、そうしないと、またたくさんの人が死ぬ」

新太は悔しそうに下唇を嚙んだ。

「人身御供なんて捧げたって、高潮はなくなりませんよ」

「黙れ！」

別の声がしたかと思うと、鼻柱に激しい痛みが生じ、尻餅をついてしまった。

何か硬いもので殴られたらしい。鼻から血がポタポタと流れ落ちる。

痛みを堪えながら顔を上げると、宿の亭主である国三郎の姿があった。その手には、錫杖《しゃくじょう》のような棒が握られている。

その周りには、国三郎以外にも数人の男たちの姿があった。

「新太！　こんなところで何をしている？　余計なことを考えているんじゃないだろうな？」

国三郎の恫喝《どうかつ》に、新太は肩をすぼめて俯いた。

「何とか言え！」

国三郎は、新太の頰を力一杯殴りつけた。

あまりの勢いに、新太は後方に倒れ込んでしまった。

「やめて下さい！」

遼太郎は、堪らず叫んだ。

あのように幼い子を、いきなり殴りつけるなんて、どうかしている。

「余所者《よそもの》が口出しをするな」

国三郎が、凄まじい形相で睨んできた。最初に会ったときとは、別人のようだ。こちらが本性だったか――。

「余所者って……あなたたちは、その余所者を人身御供にしているのでしょう」

遼太郎が言うと、国三郎はにっと口の端を吊り上げて笑った。

「ああ。そうだ」

「どうして、そんなことを……」

「以前は、村の人間を人身御供にしていた。それで村は助かる。だが、代わりに失う者もいる」

「お里さんのことですか？」

「お里は、憐れな女だ。息子の宗太は、村を守る為に、人身御供に選ばれたというのに、それを受け容れられずに逃げた……」

何と勝手な言い分だ。

「自分の子が、人身御供として取られたら、あなたは平然としていられますか？」

遼太郎が言うなり、国三郎は格子を殴りつけた。

「お里は、私の女房だ」

「女房……」

――何ということだ。

つまり、国三郎は自分の息子を、人身御供として差し出したということか。

「もう、あんなことはご免だ」

国三郎の声は、涙に濡れているようだった。

息子を失っただけでなく、妻も正気を失ってしまった。その国三郎の心情には同情する。だが、だからといって、村人の代わりに、無関係の旅人を人身御供にするなど、あってはならない。

「今からでも遅くありません。こんな馬鹿げたことは止めて下さい」

「止めるわけないだろ。黒龍様に人身御供を捧げなければ、村は高潮にやられるんだ」

国三郎が言うと、取り巻きの男たちも「そうだ。そうだ」と口々に賛同の声を上げる。

黒船がやって来るこの世にあって、この村では、未《いま》だにそんな迷信を信じ、無用の行いを繰り返しているというのか。

「人身御供なんて捧げたって、高潮を止めることはできません」

「だったら、どうやって高潮を止める？」

国三郎が睨んできた。

「そ、それは……何か方法があるはずです」

「それは、どんな方法だ？」

何も思い付かなかった。

相手は自然だ。人間などが抗ったところで、どうこうなるものではない。だからこそ、人身御供にすがるのだろう。

生活を守る為に、他に手が無かった。

しかし——。

「今は、方法は分かりません。ですが、こんなやり方が、正しいとは思えません」

「正しいとか、正しくないとか、そういうことではないんだよ。私らは、生き残らなければならないんだ」

「それでも……」

「黙れ！　お前に何が分かる！　こうするしかないんだ！」

「違います！　お里さんは、村の掟《おきて》に背いてでも、子どもを救おうとしたんです！　それなのに、あなたは……」

遼太郎は、最後まで言葉を発することができなかった。

国三郎が持っていた棒で、遼太郎の腹を突いたのだ。鳩尾《みぞおち》を打たれ、息が止まり、額から脂汗が流れる。

何とか顔を上げると、国三郎が般若の如き面持ちで遼太郎を見下ろしていた。

そんなに憤怒するなら、どうしてお里と一緒に、息子の宗太を守ってやらなかったのだ？　そうすれば、こんな古い因習は打ち破ることができたはずなのに——。

「今度、余計なことを喋ったら、人身御供にする前に殺してやる」

国三郎が格子にずいっと顔を近付けながら言った。

血走ったその目を見て、遼太郎は背筋がぞっとした。正気を失ったのは、お里ではなく、国三郎の方かもしれない。

しばらく、遼太郎を睨んでいた国三郎だったが、やがて男たちと共に、その場を立ち去った。

「ごめんなさい……」

新太はよろよろと立ち上がり、遼太郎に深々と頭を下げると、小走りに国三郎たちの後を追って行った。

遼太郎は、それを見送りながら深いため息を吐く。

自分の置かれている立場は分かった。だが、問題はこれからどうするか——だ。

浮雲や歳三が、助けに来てくれるかもしれないという淡い期待を抱いたが、それはすぐに泡となって消えた。

ここがどこなのか分からないが、浮雲たちが簡単に見つけ出せるとは思えない。いや、それ以前に、浮雲たちが無事かどうかも分からない。

一人や二人ならまだしも、人身御供の儀式のために、村全体が荷担しているのだ。

だが、だからといってここで呆けているわけにもいかない。何とかして、この場所から抜け出さなければならない。

生き残るためにも。

そして、宗太とお里のいたましい出来事を繰り返さないためにも——。

十一

「あなたたちの狙いは、遼太郎さんですか？」

歳三は、持っていた傘の柄に手をかけながら訊ねる。

この傘は仕込み刀になっている。千代の出方次第では、容赦なく斬る。

――できるのか？

自然とそんな問いが湧き上がった。

呪術師である千代が、剣の扱いに長けているかどうかは定かではない。あの細い腕だ。大したことはないはずだ。

だが、本当にそうだろうか？

用心深い千代のことだ。勝てぬと分かっていながら、のこのこ姿を現わすとは思えない。歳三に勝つ算段があるからこそ、こうしてここに立っているのではないか。

何かしらの策を講じているかもしれない。

「ええ。ですから邪魔をせず、少し大人しくして頂きたいのです」

千代が、囁くような声で言った。

その声に混じって、微かに香の香りがした。三島で嗅いだのと同じ、千代の匂いだ。それを、何処か懐かしいと感じてしまった。

「そうはいきません」

「私を斬ると仰るのですか？」

「必要とあらば」

「あなたは、私を殺せません」

千代が袖で鼻と口を押さえながら、小さく首を左右に振った。

大した自信だ。腕で勝っているということか？　それとも、歳三に人が斬れないと勘違いしているのか？

「試してみますか？」

歳三は、ゆっくりと後退りながら茶屋を出ると、傘から仕込み刀を抜いた。

細い刀身が、雨に濡れる。

「やはり、あなたは狼ですね。臆病で虚勢を張る獣です」

千代の言葉は、歳三の胸の奥に突き刺さった。

川崎宿で千代と夜を共にしたときも、同じようなことを言われた。怯えた狼だ――と。

千代は、どこまでも歳三の心の底を見透かす。その虚ろな目で見つめられると、丸裸にされたようで不安になる。

「知っていましたか？　怯えた狼だって牙を剝くのです」

歳三は、仕込み刀を構える。

「本当に臆病なのですね」

千代は、さっき老婆を貫いた血塗れの刀を持ったまま、茶屋の中から出て来た。

雨に濡れたその肌は、より一層、美しさを増したような気さえする。

「殺す前に教えて下さい。あなたたちは、なぜ遼太郎さんを狙うのですか？」

「なぜ？　あなたは、本気でそんなことを訊ねているのですか？」

「どういう意味です？」

「あのお方の身分も知らずに、一緒に旅を続けていたというのですか。本当におめでたいですね」

確かに、歳三は遼太郎の身分について深く詮索はしなかった。

立ち居振る舞いからして、身分ある者であることは分かっていた。遼太郎というのが偽名であることにも勘付いていた。

だが、どこの生まれであれ、名が何であれ、遼太郎という男の優しさが変わるわけではない。

そう考えていたのは、何も歳三だけではない。浮雲もまた、同じ考えだったはずだ。だからこそ、その素性を訊ねなかった。

「身分が何であれ、遼太郎さんは、私たちにとって遼太郎さんです」

「そういうところが、臆病だと言うのです。そうやって肝心なことから目を逸らす。だから、牙が鈍るのです」

「そうかもしれませんね」

否定はしない。

知ってしまえば、これまでと同じように遼太郎と接することができなくなる。だから、知らぬままで通していた部分がある。

「いいでしょう。あなたは、どうせ死ぬのです。教えて差し上げます。あの方の名を知れば、私たちが付け狙う訳も自ずと見えてくるはずです」

「それは楽しみですね」

「あの方の本当の名は、徳川慶喜《とくがわよしのぶ》――」

――これはまた。

徳川慶喜といえば、水戸徳川家の徳川斉昭《なりあき》の七男にして、将軍の候補として名が挙がるほどの大物だ。確か、次期将軍として慶喜を推す一橋《ひとつばし》派と、慶福《よしとみ》を推す南紀《なんき》派との間で対立が起こっているはずだ。

そんな人物が、ふらふらと一人旅をしていたとあっては、命を狙う者が後を絶たないのも当然だ。

同時に、遼太郎が逃げている訳も得心した。

刺客から逃げているというのもあるだろうが、それだけではない。おそらく、遼太郎が一番逃げたかったのは、己の置かれた状況なのだろう。

自分の意思とは関係なく、斉昭の子であるが故に、政に利用される運命に、嫌気がさしたに違いない。

それは、かつての浮雲の境遇に似ている。だからこそ、浮雲は遼太郎に肩入れした――。

――遼太郎様には、生きていてもらわねばなりません。

狩野遊山の言葉が、ふっと脳裏に浮かんだ。

――なるほど。

狩野遊山は、一橋派の息がかかっているのだろう。しかし、表だって動けば、南紀派を刺激することになる。だから、歳三たちに助言を与えるという形で、遼太郎を助けようとしたというわけだ。

「あなたたちは、遼太郎さんを亡き者にしようとしているのですね」

「私の意思ではありません。ただ、そう望む者たちが、たくさんいるということです」

――そういうことか。

明言はしないが、千代とその師である蘆屋道雪《あしやどうせつ》は、朝廷派の人間だ。今後を見越して、一橋派の筆頭である慶喜を始末しておこうという腹なのだろう。

「権力争いの果てに、残るものなど何もありません」

「そうかもしれませんね。しかし、これは、あなたたちが口を出すような問題ではないのです。大人しく、退いてくれるとありがたいのですが――」

千代が、袖で口を押さえながら目を細める。

確かに政での謀略など、歳三が口を出す問題でもないし、そもそも興味もない。誰が上に立とうと、歳三のような庶民の暮らしは人して変わりはしない。

徳川慶喜が生きようが、死のうが、どうでもいいことだ。

だが――。

遼太郎という男には、死んで欲しくないと思う。

「そうはいきませんね。政のことは知りません。しかし、遼太郎さんを放っておくことはできません」

「愚かですね」

「知っています」

「分かりました。あなたには、ここで死んで頂きます」

千代が、そう言うなり歳三に斬りかかって来た。

十二

遼太郎は、鼻柱と腹に痛みを抱えながらも、岩屋の中をくまなく見回す。

このままここで呆けていては、ただ人身御供にされてしまうのみ。それは嫌だ。そんなのは、只の犬死にだ。

怒りとともに、何ともいえない絶望が広がる。

もしかしたら、宗太も、こんな気持ちだったのかもしれない。

自分で望んだわけでもないのに、村の因習により人身御供という役目を与えられてしまった。

そんな風にして、命を落とすなんて、何のために生まれてきたのか分かったものではない。

それは、見方を変えれば、遼太郎自身が逃げ出した訳にも帰着する。

与えられた責務の重さに耐えきれず、遼太郎は逃げるという選択をした。何もかもが嫌になった。

けれども、宗太は逃げ出すことができなかった。

一度は、母のお里と逃げ出したが、結局は捕まってしまった。

逃げるということは、そういうことなのかもしれない。逃げれば追われ続ける。宗太とお里のように、どこまでも、どこまでも、影は追いかけて来る。

「では、どうすれば良かったんだ？」

遼太郎は自問する。

宗太とお里が生き残るには、逃げるという方法しかなかった。だが、遼太郎は違う。逃げる以外にも、沢山の道があったのに、それらを投げ捨ててしまったのだ。

今、あれこれ考えても仕方がない。そもそも、ここで死んでしまったら、全てが終わりなのだ。

遼太郎は、ぶんぶんと首を左右に振り、頭から妙な考えを追い払った。

遼太郎は、格子を激しく揺さぶってみるが、ビクともしない。

岩屋に唯一ある行灯の火を格子戸に移し、焼いてしまうことも考えたが、それでは自分の身も危ない。

見上げると、岩肌の天井に一ヶ所だけ板戸のようなものが、取り付けられているのが見えた。

もしかしたら、あそこから出られるかもしれない。

手を伸ばしたり、跳ねたりしてみたが、高過ぎて全く届かない。それこそ、梯子《はしご》でもなければ無理だろう。

万策尽きた——と思ったところで、ふと格子の前に光る何かが落ちているのに気付いた。

それは鍵だった。

——どうして、こんなところに鍵が？

頭に浮かんだ問いは、すぐに一つの答えに辿り着いた。

新太だ——。

あのときの話の流れからして、新太は、国三郎たちに無断で遼太郎の許まで足を運んだようだった。

それは、きっと、遼太郎を逃がすためだ——。

新太の表情は、哀しげだったが、同時に、何か覚悟を決めたような顔をしていた。

逃げるのでもなく、流されるのでもなく、彼は彼なりに抗う道を見つけ、そこに一歩を踏み出したのだ。

だから、鍵を持ってこの場所に来た。

遼太郎は、格子の隙間から落ちている鍵に手を伸ばす。

苦心しながらも、何とか指で鍵に触れることができた。そこから、慎重に、ゆっくりと鍵を自分の方に引き寄せる。

鍵を手に取った遼太郎は、嬉しさのあまり叫び出しそうになったが、ぐっと堪える。ここで騒いで気付かれでもしたら、全てが水泡《すいほう》に帰す。

遼太郎は、周囲に気を配りながら解錠し、格子戸を開けることに成功した。

問題はここからだ。格子戸の先は、真っ直ぐに穴が続いている。国三郎たちは、この先からやって来た。つまり、出口に通じているということだが、同時に、待ち伏せされているという危険も孕《はら》んでいる。

自ら火中に飛び込むようなものだが、それでも、ここにいては何も始まらない。

慎重に、そしてゆっくり足を踏み出した。

十三

千代が歳三に斬りかかって来る——。

まるで舞を舞っているような、しなやかで優雅な動きだが、速さも力強さもない。

歳三は、軽く後方に跳び、千代の攻撃を躱した。

はずだった——。

右腕に痛みが走る。

見ると、着物が裂けていて、皮膚が斬り付けられていた。

そこから血が滴り落ちている。

ちゃんと刀の動きは読んでいたし、間合いも取っていた。それなのに、千代の刀の切っ先は、歳三の身体を掠めた。

雨のせいで、千代との間合いを測り損ねたか？

いや、そんなはずはない。雨程度で、間合いを見誤るほど鈍ってはいない。だが、歳三が斬られたのは事実だ。

千代が袖で、口許を押さえながら「ふふふっ」と笑った。

「私には、臆病なあなたの動きが、手に取るように分かります。でも、あなたは、私のことを捉えることができません」

「次は、躱します」

「いえ、無理です。あなたがこれまで闘ってきたのは、猛者たちだったかもしれません。しかし、そうした者たちと、私は違います」

「何も変わりませんよ」

歳三は、笑みを浮かべてみせたが、心の内には動揺があった。なぜ、斬られたのか、まだ分かっていないのだ。

千代が舞うように、歳三との間合いを詰めて来る。

何をしたのか知らないが、躱すのは危険だ。歳三は、斬り付ける千代の刀を、仕込み刀で凌ごうとした。

だが、手応えがまったくない。

そればかりか、いつの間にか左の上腕を斬り付けられていた。

どういうことだ。まるで幻を相手にしているようだ。もしかしたら、千代の優雅な舞に目を惑わされているのかもしれない。

歳三は、霞《かすみ》崩しの構えを取ると、その切っ先を真っ直ぐに千代に向けた。後の先を取ることで千代を制することを考えていたが、それでは駄目なようだ。ならば、こっちから先手を取るまで——。

歳三は、大きく踏み込むと、千代に向かって突きを繰り出す。その喉元を真っ直ぐに貫く。それで終わりのはずだった。それなのに、千代は笑っていた。

——外したか？

千代が反撃に転じる。

歳三は、すぐに体を捌《さば》き、攻撃を躱した。ところが、千代の刀は歳三の右の肩口を掠めた。

血が滴り落ちる。

傷はそれほど深くはないが、このままでは、勝ち目はない。

一度、距離を置いて呼吸を整える。

——さて、どうする？

千代の動きは、これまで出会った者たちとは、明らかに違う。千代の言うように、その違いのせいで、間合いが狂っているのだろうか？

だとしたら、それを修正しなければならないが、そう簡単にいくとは思えない。

「土方さん。何を遊んでんのさ」

からかうような声が、歳三の耳に届いた。

見ると、少し離れたところに宗次郎の姿があった。

「宗次郎か。手出し無用だ」

宗次郎と二人で斬りかかれば、千代を制することができるかもしれないが、それでは意味がない。

千代は、歳三の手で葬らなければならない。

「土方さんがそう言うなら、手出しはしないけどさ。そもそも、そんな間合いで刀を振るうなんて、らしくないよ」

——そうか。

宗次郎の言葉で得心した。

千代からは、微かに香の香りがしていた。あれは、おそらく、目に何かしらの影響を及ぼす草が、混ぜられていたのだろう。

それにより、歳三は間合いを見誤ったまま千代と闘っていた。

歳三が見ている間合いと、実際の間合いが違うのだから、こちらの攻撃は当たらないし、躱したはずの攻撃を受けることになったのだろう。

今になって思えば、千代は着物の袖で鼻と口を押さえていた。ああやって、自分自身が香を吸い込まないようにしていたのだろう。歳三と長々と話をしたのも、香が効くのを待っていたからというわけだ。

「気付いてしまったようですね」

千代が目を細めた。

「ええ。ずいぶんと卑怯な真似をしますね」

「私は武士ではありません。呪術師です。呪術師には、呪術師の闘い方というものがあります。それに、ここは道場ではないのですよ。正々堂々と刀を振るって来るなんて、思い上がりもいいところです」

「そうですね」

千代の言う通りだ。呪術師が講じる策も技のうちだ。卑怯もなにもない。

それに、これは試合ではなく、命の取り合いだ。相手が正面から来ると思い込んだのは、歳三の油断に他ならない。

だが――。

分かったのであれば、対処のしようがある。

歳三が仕込み刀を握り直すと、千代は小さく首を左右に振った。

「仕掛けがばれてしまった以上、私の勝ち目はなくなりましたね」

千代は、持っていた刀を地面に突き刺してしまった。

自ら武器を手放したということは、観念したということだろうか？　いや、千代に限ってそれはない。

「大人しく斬られますか？」

歳三は警戒を緩めることなく問う。

「斬りたければ、どうぞ」

千代は、そう告げると、くるりと背中を向ける。

背中めがけて斬りかかることもできるが、歳三は思い留まった。千代が、何の策もなく、背中を向けるはずがない。

下手に踏み込めば、ただでは済まないだろう。

「何処に行くのです？」

雨の中を歩き出した千代に、呼びかける。

「私の役目は、もう終わりました」

「どういうことですか？」

「お気付きになりませんか？　今回、私はただ手助けをしたに過ぎないのです」

「手助け？　これは、あなたの仕掛けではないのですか？」

「違います。私はただ、茶屋の老婆を使って、眠り薬を仕込み、慶喜様を拉致し易い状況を作った。あと、あなたたちの足止めですね」

「いったい誰の仕掛けなのですか？」

「利害が一致する別の勢力――と言えばお分かりになるでしょう」

「南紀派か……」

「さあ。どうでしょう」

はぐらかしはしたが、間違いないだろう。

遼太郎を亡き者にしようとしていた南紀派と、同じく、彼の存在を疎ましく思っていた朝廷派が結託して、一時的に手を組んだのだろう。

そして、南紀派が刺客として使ったのが――。

「今回の仕掛けは黒龍衆によるもの――というわけですね」

箱根で出会った、お七という女の顔が浮かんだ。

旅芸人に扮した黒龍衆の女――。

黒龍衆が、どれほどの勢力か分からないが、箱根の一件で、簡単に諦めるような連中ではなかった。この地にも彼らの仕掛けがあったというわけだ。

宿にあった黒龍の絵を見たときに、気付くべきだった。あれこそ、黒龍衆が関与している証だった。

「では、私はこれで――」

千代は、笑みを含んだ声で言うと、そのまま歩き去って行った。

「追わないのか？」

宗次郎が歩み寄って来て、呑気な調子で訊ねてくる。

「ああ。追ったところで無駄だ」

「そうかもね。で、この先、どうするんだ？」

「お前が追った女はどうした?」

「見失っちまった」

歳三は、「そうか」と呟き、雨の降りしきる暗い空を見上げた。

千代の挑発に乗り、こうして足止めを食ってしまった。冷静なつもりだったが、私情に流されていた。そんな自分に腹が立つ。

もしかしたら、遼太郎はもう——。

いや、まだ決めつけるのは早い。今からでも間に合うかもしれない。

「宗次郎。行くぞ」

歳三は、言うなり駆け出した。

十四

洞窟の出口まで辿り着いた遼太郎は、慎重に外の様子を窺った。

波の音が聞こえる。

小さな祠があって、その周りを取り囲むように、国三郎をはじめとした男たちの姿があった。

松明の他に、鍬や鎌といった農具を手にしている。

あの祠は見覚えがある。宿場に来るときに通った、断崖の辺りなのだろう。

幸いにして、男たちは洞窟に注意を払っていない。身を屈めて進めば、やり過ごすことができそうだ。

遼太郎は、音を立てないように、慎重に歩みを進めようとした。

だが――。

それを阻むように、目の前に何者かが立ち塞がった。

「何処に行くつもりですか？」

そこにいたのは、宿に入る前にすれ違った若い僧侶だった。

「…………」

「あなたは、黒龍に捧げられる人身御供なのです。逃げられては困ります。徳川慶喜様――」

遼太郎は、息を呑んだ。

なぜこの僧侶は、自分の本当の名を知っている？

「ど、どうしてそれを……」

「あなたのことは、よく知っていますよ。箱根でも、一度、お会いしていますしね」

「箱根……」

全然、覚えがない。

「思い出せませんか。無理もありませんね」

僧侶は、そう言うとすうっと遼太郎の方に腕を伸ばし、指先で頰をなぞった。

袖がはらりとめくれて、左腕に入れ墨が見えた。黒い龍が巻き付いたような模様の入れ墨――。

「も、もしかして……」

「そうです。箱根で会ったときは、お七と名乗っていました」

「う、嘘だ。だって……」

「あのときは、鬘《かつら》を被って変装し、女のふりをしていましたからね」

僧侶は、声を一段高くして言った。確かにこの声は、お七のものだった。面差しも、言われてみれば、お七だと分かる。

化粧と鬘だけでなく、襟巻きで喉仏を隠した上で、声音を変えていたのだろう。歌舞伎の女形《おやま》も裸足で逃げ出すほどの、見事な変装だ。

「私の本当の名は、太玄といいます」

「な、何者なのですか？」

「あなた様の命を狙う、黒龍衆の一人です。慶喜様には、死んで頂かなければなりません」

太玄が、ずいっと遼太郎の耳許に顔を近付けてきた。

「どうして、こんな回りくどいことを……」

「あなた様を殺す必要がありますが、ただ殺せばいいというものではありません。暗殺したなどということが知れれば、一橋派と南紀派の対立は激化します。のみならず、暗殺の事実を利用されることにもなる。斉昭様は、そういうお方でしょう」

太玄の言う通りだ。

父である斉昭は、遼太郎の死すら政略として躊躇《ちゅうちょ》なく使うだろう。そういうしたたかさを持った人物だ。

「だから、人身御供として、村人たちに殺させようとした――ということですか？」

「そうです。私は、かねて僧侶になりすまし、因習を利用して、旅人を人身御供にするように誘導しておいたのです。あとは、標的が通りかかったとき、あの者を人身御供にすればいいと、それとなく教えればいいだけです」

蜘蛛が巣を張るように、街道沿いに予め仕掛けを施しておいたということか。遼太郎は、そうとは知らず、そこに飛び込んでしまった。

「何という……」

「私のことを、冷酷だと思いますか？」

「当たり前です」

遼太郎が言うと、太玄は、ふっと笑みを零した。

「では、村人たちはどうなのです？」

「え？」

「自分たちが助かる為に、他の誰かを犠牲にする。やっていることは、皆同じなのですよ。政と大して差はありません」

「ち、違う！」

「違いませんよ。人は、皆同じなのです。己さえ良ければ、それでいい。自分が助かる為なら、自分の子どもさえ殺すのです」

これまで冷徹だった太玄の瞳に、ふっと哀しみの色が宿った気がした。

「そんなこと……」

「無い――と言えますか？　自分たちが助かる為に、この村の者たちは、宗太という子どもを人身御供にしたのですよ」

「でも、それは……」

「私も人身御供にされました。親の手で、荒れ狂う川に投げ込まれたのです」

太玄の目に暗い影が差した。

箱根で、太玄は親に捨てられたと言っていた。それは、人身御供にされた――ということだったのか。

「…………」

「一命を取り留めた私を拾ったのが、黒龍衆でした。もちろん、情でそうしたわけではありません。私を暗殺の道具にする為です」

「…………」

「皆同じなのですよ。自分の為なら、それが我が子であろうと、犠牲にすることを厭わない。それが人間というものです」

だから、太玄はこんな仕掛けを施したのだ。親に恨みを晴らすように――。

だが、それはあまりに哀しい考えだ。

「確かにそうかもしれません。でも、誰もがそうというわけではありません。あなたは、間違えています」

遼太郎は、強い口調で言う。

お里がそうだった。自分の子を守る為に、村の因習に背き、必死に逃げたではないか。

「やはり、あなたは甘いですね。駒としての使命すら果たすことなく、逃げ出した人が何を言っても説得力はありません」

太玄の言葉が、重くのしかかってきた。

まさにその通りだ。謀略渦巻く中で、父の駒にされることに嫌気がさし、何もかも捨てて逃げ出した遼太郎が、何を言おうと太玄には響かない。

「さあ。大人しく人身御供として、その身を捧げて下さい」

「…………」

「人身御供が逃げたぞ！」

太玄は、すっと立ち上がると、祠の周りに集まっている村人たちに向かって声を上げる。

男たちの視線が、一斉に遼太郎に向けられる。

「どうやって逃げた！」

「捕まえろ！」

男たちが口々に叫びながら駆け寄って来る。

遼太郎は、急いで逃げだそうとしたが、太玄に足を払われ、前のめりに転倒してしまった。

すぐに立ち上がろうとしたが、そのときには既に、男たちに囲まれ、地面に押さえつけられてしまった。

視界の隅に、小さく笑みを浮かべながら遠ざかっていく太玄の姿が見えた。

「待って！」

遼太郎が声を上げると、男たちは「うるさい！」と、さらに強く地面に押しつけてくる。

「逃げられると思うなよ」

国三郎が、遼太郎の顔を覗き込んで来た。何処までも暗く、血走った目をしている。

——ここまでか。

遼太郎は、落胆とともに固く目を閉じた。

——おっ母ちゃんを苛《いじ》めないで。

耳の奥で声がした。

遼太郎には、それが宗太の声だと分かった。目には見えないが、宗太の幽霊が近くにいるのだろう。

宗太の想いが、遼太郎の中に流れ込んでくる——。

ああ。そうか。宗太は、自分が人身御供となって殺されることが分かっていた。だが、最後の瞬間に願ったのは、母の無事だった。

きっと、宗太が逃げていたのは、逃げたかったからではない。母がそう願ったからだ。

最後の瞬間、手を離したのは母親ではなかった。

宗太の方から離したのだ。

母を守るために——。

自然と目から涙が零れ落ちた。

「国三郎さん。あなたは、宗太がどんな思いで、人身御供になったのか分かっているんですか？」

遼太郎は泥濘んだ地面に押さえつけられながらも、目を開けて国三郎を睨んだ。

「何？」

「母親を守るために、自ら人身御供になることを選んだんです。それなのに、あなたは、まだこんなことを続けるのですか？」

「黙れ！」

「いいえ。黙りません。村を守る為に、自分の大切なものを失っていることに、どうして気付かないんですか！」

遼太郎は叫んだ。

宗太が人身御供として選ばれたとき、どうして国三郎はそれを受け容れてしまったのか。村を守る為に、自分の一番大切なものを捧げたのでは本末転倒だ。

「お前に何が分かる！」

国三郎が、遼太郎の髪を摑んで、泥濘んだ泥の中に押しつけた。

息が詰まる。

このままでは、人身御供として捧げられる前に死んでしまう。

段々と意識が遠のいてきた。

「おい。その辺にしておけよ」

消えかけた遼太郎の意識を引き戻すように声がした――。

聞き覚えがある。

これは、浮雲の声だ――。

気を取られたらしく、国三郎の手の力が緩んだ。遼太郎は、何とか顔を上げることができた。

雨の中、金剛杖を肩に担いで立つその様は、さながら仁王像のようだった。

「どうしてここが……」

国三郎が呻くように言う。

「宿から出て捜しに行くふりをして、ずっと出入り口を見張っていたんだよ」

「なぜだ?」

国三郎が問うと、浮雲は勝ち誇ったような笑みを浮かべてみせた。

「奉公人の新太は、遼太郎が宿を出て行くのを見たと言っていた。だが、それが嘘だってのは明らかだった。現に、地面には、宿から出て行く足跡がなかった。雨で地面は泥濘んでいるんだ。足跡が残らないってのは、あまりに不自然だからな」

「ぐっ……」

「それだけじゃない。遼太郎の部屋の畳を踏んだとき、妙な感触があった。おそらく、あの畳を剝がすと、地下に通じているんだろうよ。それを使って、遼太郎を隠したってところだ。違うか?」

浮雲の話を聞き、国三郎が悔しげにぎりぎりと歯を噛み締める。

言われて、遼太郎も納得する部分があった。格子の部屋の天井には、戸のようなものがあった。あれは、そのまま遼太郎がいた部屋に繋がっていたというわけだ。

人身御供に選んだ旅人を、あの部屋に宿泊させ、そのまま地下に押し込める。頃合いを見て、洞窟を通じて、この祠がある崖まで連れて来ていたということのようだ。

「確信を持ったのは、太玄って生臭坊主が吐いた嘘だ。松明の明かりが、茶屋の方に向かったとおれたちに教えたが、だとしたら尚のこと、複数の足跡が残っていないと、辻褄が合わねぇ。そうだろ――」

浮雲が、金剛杖で洞窟の入り口を指し示すと、その闇の中からすうっと太玄が姿を現わした。

既に立ち去ったと思っていたが、まだ留まっていたらしい。

「どうして邪魔をするのです？　他人の為に、命を粗末にするのは、愚かな行いですよ」

太玄が鋭く浮雲を睨みつつ、いつの間にか手にしていた刀を抜いた。

「他人の為？　違うね。おれは、自分の為にやってるのさ」

浮雲が、にっと笑みを浮かべた。

「自分の為？」

「そうだ。おれには、おれの生き方がある。死んでも譲れない生き方だ。それを曲げるつもりはねぇ」

遼太郎は、浮雲の言葉に胸を打たれた。

同時に、これまでのことが、すとんっと腑に落ちた気がした。誰かの為に——と綺麗事を並べるのではなく、自分の信念の為に、誰かに手を差し伸べている。だから、浮雲には迷いがないのだ。

こういう男になりたい——遼太郎は、心の底からそう思った。

「何が自分の為だ！　ふざけるな！　お前だって、自分の命が惜しいのだろう！」

太玄の叫びが響く。

感情を剝き出しにしたその顔からは、暗殺者としての冷酷さが消えていた。

「当然だ。自分の命は惜しい。だが、その為に他人を殺しちまったら、おれは、おれではなくなる。身体は生きていても、心は死んだも同然だ」

「戯れ言を……」

「そうさ。戯れ言さ。だが、命を懸ける意味がある」

「ならば——死ね」

太玄が刀を浮雲に向ける。

遼太郎は、国三郎を押しのけて立ち上がると、太玄と浮雲の間に割って入った。

「浮雲さん。逃げて下さい！」

遼太郎は叫ぶ。

太玄だけならまだしも、幾人もの男たちに囲まれた状況だ。このままでは、浮雲が命を落とすことになる。

太玄は、直接、遼太郎に手を出すことができない。ならば、ここで自分が盾になることで、浮雲を逃がすことができる。

「邪魔だ。どいてろ」

浮雲が、遼太郎をどんっと突き飛ばす。

「な、何をするのですか」

「何を心配しているのか知らんが、この程度のやつに、後れを取るほど錆び付いちゃいねぇよ」

「ずいぶんと、見くびられたものですね」

太玄が暗い声を上げる。

「見くびっちゃいないさ。ただ事実を言っただけだ。お前じゃ、おれの相手にならん」

浮雲が、悪党さながらの台詞《せりふ》を言う。

「戯れ言を。身の程を知れ――」

太玄が浮雲に斬りかかっていく。

「止せばいいものを」

浮雲は、そう言うなり、金剛杖をぶんっと大きく振り回し、太玄を薙ぎ払った。

太玄は刀でそれを凌ごうとしたが、身体ごと吹き飛ばされた。

何とか立ち上がり、反撃に転じようとした太玄だったが、浮雲は一気に間合いを詰めると、金剛杖で鋭く鳩尾を突いた。

太玄は、「うっ」と短く唸ると、そのまま前のめりに倒れて動かなくなった――。

あまりのことに、取り囲んでいた男たちが呆気に取られている。

「さあ。次はどいつだ？　言っておくが、おれは強いぜ――」

歌舞伎役者のように啖呵《たんか》を切る浮雲の迫力に、男たちがよたよたと後退る。

「篝火《かがりび》が見えたので、足を運んでみましたが、当たりだったようですね」

声のした方を見ると、そこには歳三と宗次郎の二人が立っていた。歳三は仕込み刀を、宗次郎は木刀を携えていた。

男たちは、もう敵《かな》わないと悟ったのか、手に持っていた得物を放り捨てて、我先にとその場から逃げ出して行った。

――助かった。

安堵してほっと息を吐いた遼太郎だったが、そこにまだ国三郎が残っていることに気付いた。

「お前も、もう観念しろ」

浮雲が国三郎の前に立った。

「ぬっ……」

「人身御供など馬鹿げている。そんなものを捧げたところで、高潮が防げるものでもない。そんなことは、お前も分かっているだろ」

浮雲が告げると、国二郎は、よたよたと後退る。

「今さら逃げられるものか……。自分の子を人身御供として差し出したんだ。もう、止められない……」

国三郎は顔を真っ赤にして、涙を流していた。

思えば、この男も憐れだ。古い因習に縛られ、自らの子である宗太を人身御供として差し出した。挙げ句、女房のお里は、正気を失った。

今さら、迷信だなどと認めることはできないのだろう。もし、そんなことをすれば、宗太の死が無駄になる。

だから、率先して旅人を人身御供にすることに荷担していたのだ。

「もう、戻れない……」

絞り出すように言った国三郎の背後に、すうっと黒い影が現われた。

女だった——。

赤い着物を纏い、布で左眼を隠した女。美しいのだが、ひどく痩せていて、生きていることが疑わしくなるほどだった。

遼太郎は、あの女に覚えがあった。三島の一件のときに、姿を現わした女——千代だ。

「役目は終わったのではなかったのですか？」

歳三が、仕込み刀の刀身を、千代に向けながら問う。

いつも柔和な笑みを浮かべている歳三だが、今はその面影がない。まるで、修羅のような形相だった。

「わざわざ答えなくても、お分かりでしょう。後始末をする為ですよ」

千代が薄い唇に笑みを浮かべた。

ひゅっと風を切るような音がしたかと思うと、国三郎の首から血が噴き出した。

国三郎は、自分の喉を両手で押さえたが、溢れ出る血は止められなかった。そのまま、酔っ払いのように、よたよたとした足取りで崖っぷちまで歩みを進める。

「宗太……」

国三郎は、最後の力を振り絞るように言うと、崖下へと転落して行った。

「何ということを……」

「もう一人、始末しなければなりませんでしたね」

千代が視線を向けた先には、太玄の姿があった。鳩尾を打たれ、倒れていたが、息を吹き返していたようだ。

「…………」

「せっかく、私が手伝って差し上げたのに、無様なものですね。失敗したときは、あなたも始末するように言われています」

太玄を殺すつもりのようだ。壊れた道具を処分するように――そして、太玄も、それを受け容れているように見えた。

「や、止めて下さい！」

遼太郎は、叫びながら止めに入ろうとしたが、間に合わなかった。

千代は小刀を取り出し、太玄の左の胸に突き刺すと、それを無造作に引き抜いた。

太玄は、胸からびゅうっと血を噴き出しながら、その場に頽れた。

「太玄さん」

遼太郎は、急いで太玄の許に駆け寄る。

太玄は、遼太郎の顔を見ると、どういうわけか小さく笑みを浮かべた。満足したような、とても穏やかな顔だった。

「あなたたちのような人も……いるのですね……」

太玄は掠れた声で言うと、そのまま動かなくなった。

「さっきまで、自分を殺そうとしていた者を気遣うとは……よく分からない人ですね」

顔に返り血を浴びた千代が、冷たい笑みを浮かべながら言った。

「なぜ、殺したのですか？」

遼太郎が問うと、千代は不思議そうに首を傾げる。

「この者は情に流されていました。そうなっては、暗殺者として、もう役に立ちません。使えない道具は、処分しないといけませんから」

人間のことを、道具だと平然と言ってのける千代が、遼太郎にはどうしても許せなかった。

「人は道具じゃありません！」

「何をそんなに怒っているのですか？　あなた様も斉昭様の駒に過ぎないでしょうに――」

千代の言葉に、遼太郎の心が揺さぶられた。

確かにそうだ。自分は、父の政の駒に過ぎない。浮雲のように、命を賭して守るような生き方もない。空っぽの存在。

目の前が、どんどん暗くなっていくような気がした。

「絡新婦の分際で、つまらねぇことを言うな。遼太郎は、駒なんかじゃねぇ」

浮雲の声が、遼太郎を暗闇から引き上げてくれた。

「あなたたちには、関わりのないことです。放っておけばいいのに、どうして邪魔立てするのです？」

千代が問うと、浮雲は鼻先で笑う。

「おれたちは、お前らのやり方が気に食わない。それだけだ」

浮雲が、勝ち誇ったように胸を張る。

しばらく、その様を不思議そうに見ていた千代だったが、やがて諦めたように首を左右に振る。

「そうでしたね。あなたたちは、そういう人たちでしたね」

千代は、そう言うと踵を返して背中を向けた。

「待て」

歳三が、後を追いかけようとしたが、浮雲がそれを制した。

「止めておけ。今のお前じゃ、絡新婦に取り込まれる」

浮雲の言葉に、不満そうな態度を見せつつも、結局、歳三は千代を追うことを諦めたらしく、小さくため息を吐いた。

悠々と歩き去って行く千代を見つめる遼太郎の頭には、さっきの千代の言葉が回っていた。

「もう一度、言っておく。お前は駒じゃねぇ。おれたちにとっては、遼太郎という旅の仲間だ」

浮雲が、そっと遼太郎の肩に手を置いた。

慰めてくれているのだろうが、それに素直に頷くことができなかった。

「私は……」

遼太郎は、出しかけた言葉を途中で呑み込んだ。

崖の縁に女が立っているのが見えたからだ。ぼろぼろの着物を着た女――お里だった。

お里は、ふらふらと危うい足取りで歩いて来た。

「宗太。宗太。そこにいたのかい……」

お里は、そう言いながら誰もいない宙に手を伸ばし、崖に向かって歩みを進めて行く。

おそらく、お里は、宗太の幻が見えているのだろう。だが、その先は駄目だ。このまま行けば、崖から転落してしまう。

遼太郎は、慌てて駆け出すと、お里の身体を強く抱き締めた。

「離せ！」

お里が手を振り、身体を捩《ねじ》りながら暴れる。

あのとき、宗太の手を離してしまった。その罪の意識から、お里はずっと幻を見続けていたのだろう。己を責め、苦しみ続けている。

だが、それではあまりに憐れだ。

「宗太は、お里さんの身を案じておりました。あのとき、手を離したのは、あなたではなく、宗太なんです。あなたに、無事でいて欲しかったから……」

遼太郎は、お里にしがみつきながら、必死に言葉を継いだ。

信じてもらえないかもしれないが、それでも、宗太の想いを伝えたかった。ここで、お里まで死んでしまったのでは、宗太が浮かばれない。

宗太が、あのとき手を離したのは、母であるお里を救う為だったのだから――。

「そいつが言っていることは本当だ」

浮雲の声が、雨の闇夜に響いた。

お里は、ぴたりと動きを止め、浮雲に目を向ける。いつの間にか、浮雲は両眼を覆っていた赤い布を外していた。

篝火に照らされた浮雲の赤い双眸が、怪しい光を放ったように見えた。

「私は……」

「お前にも見えるだろ。宗太の姿が――」

浮雲が、金剛杖で崖の先を指し示した。

目を向けると、そこには優しい笑みを浮かべる少年の姿が見えた。おそらく、宗太なのだろう。

お里にも、それが見えたのか、身体からふっと力が抜け、まるで子どものようにわんわんと泣き始めた。

その泣き声は、雨音のようでもあり、潮騒のようでもあった――。

その後

昨日の大雨が、嘘のように澄み渡った空が広がっていた——。

断崖にある祠の脇に立った遼太郎は、そこから海を覗き込んだ。緩やかな波が、岩に当たり、水飛沫を上げている。

この海には、いったいどれほどの人の魂が眠っているのだろう？

高潮で亡くなった人、人身御供にされた人——数多の命を飲み込んだ忌むべき存在。だが、それでも、人はこの地に住まう。

——なぜだろう？

「そんなところで、何をしてんだ」

浮雲が声をかけてきた。

「あ、いや。別に何も……」

「太玄のことを考えていたのか？」

「そうですね……」

太玄は、人身御供として、親の手で川に投げ入れられた。その後、暗殺をする為の道具として育てられた。

断片的にしか話を聞いていないので、本心がどうだったのかは分からない。

ただ、太玄は、ずっと自分の存在を受け容れてくれる場所を探していたように思う。駒や道具としてではなく、一人の人間として生きることができる場所を――。

それは、遼太郎が抱いている感情と似ている。だから、最後まで、太玄のことを恨めなかった。

「最後に、太玄はお前に何と言っていた？」

「あなたたちのような人も、いるのですね――と。そう言っていました」

「だったら、最後に救われたんじゃねぇのか？」

「そうでしょうか？」

「ああ」

浮雲は、ふと空を見上げた。

ただの願望かもしれないが、それでも、浮雲の言うように、太玄が最後に少しでも救われたと思いたい。

「あの、新太はどうなったのですか？」

遼太郎は、もう一つ気になっていたことを訊ねた。

歳三の話では、昨晩の一件で、村の住人たちは目が覚めたようだ。

村の人たちは、太玄の策略によって操られていたところがあった。その太玄がいなくなったので、これからは、人身御供を捧げるような馬鹿な真似はしないだろう——ということだった。

村人たちは、少しずつ、生活を取り戻して行くのだろう。だが、新太は奉公先を失ってしまった。

郷里があるのか分からないが、あの歳の子が一人で放り出されるのは、何とも忍びない。

「安心しろ。お里が、新太を郷里に送り届けることになっている」

「お、お里が——ですか？」

お里は、子どもの宗太を失い、正気を失ってしまった。そんな女に、新太を預ければ、その身に危険が及ぶ。

「目が覚めたのは、お里も同じだ」

「え？」

「お前が、目を覚まさせたんだ。お前が、宗太の想いを伝えたお陰だ」

「そうですか……」

本当に伝わったのだろうか？　伝わったのだとしたら、宗太もいくらかは救われるだろう。

あのような、母親の姿は、宗太も見たくなかっただろうから——。

「辛気くさい話は終わりだ。そろそろ出るぞ」

浮雲は、遼太郎の背中を叩くと、スタスタと歩き始めた。

「あ、あの」

遼太郎が呼び止めると、浮雲は「あん？」と面倒臭そうに振り返る。

「私は、ここで皆さんとお別れしようかと思っています」

昨晩から、ずっと考えていた。

浮雲たちとの別れは名残惜しいが、これ以上、一緒にいれば害が及ぶことは間違いない。もう、自分のせいで、誰かが死ぬのは見たくない。

「絡新婦の言葉を気にしてんのか？」

「いえ。まあ、そうですね。これ以上、ご迷惑をおかけすることはできません。皆さんの命に関わります」

これからも、遼太郎は命を狙われ続けることになるだろう。これ以上、巻き込むわけにはいかない。

「お前は、阿呆だな」

浮雲が鼻を鳴らして笑った。

「阿呆って……」

「阿呆だから、阿呆と言ったんだ。ごちゃごちゃ言ってねぇで、さっさと行くぞ」

「で、でも……」

「でもも、へちまもあるか。お前がいようが、いまいが、おれたちは、千代とやり合うことになるんだ」

「いや、しかし……」

「いいから、さっさと行くぞ。もたもたしてると、本当に置いて行くぞ」

浮雲は、そう言うとすたすたと歩き出した。

――後を追いかけるべきか？

迷いが生まれた。いや、追うべきではない。浮雲は、ああ言ってくれているが、だからといって、それに甘えていいはずがない。

「おい。早く行くぞ」

いきなり背中を小突かれた。

宗次郎だった。いつの間にか、遼太郎の背後に立ち、にやにやと笑っていた。隣には、歳三の姿もあった。

「私は、一緒に行くわけには……」

「私たちが、遼太郎さんと一緒に旅をしたいのです。それでは、いけませんか？」

歳三が言った。

「しかし、それでは……」

「あの男も言っていましたよね。私たちは、どのみち千代や狩野遊山と決着をつけねばなりません。遼太郎さんが一緒にいた方が、何かと都合がいいのですよ」

歳三は、そう言うと遼太郎の背中を押してくれた。

正直、まだ迷いはあったが、それでも、もう少しだけ、浮雲たちと一緒に旅を続けたい――そんな風に思ってしまった。

気付けば、促されるままに、遼太郎は浮雲の後を追って歩き出していた。

天然理心流心武館館長、大塚篤氏には
取材に全面的に協力いただき、大変お世話になりました。
この場を借りて、お礼を申し上げます。

神永学

初出

「小説すばる」二〇二一年四月号、六月号（「生首の理」を改題）、八月号、十月号、
二〇二二年二月号、三月号（「黒蛇の祟り」を改題）。
単行本化にあたり、大幅な加筆・修正を行いました。

●装画　オクソラケイタ
●ブックデザイン　坂野公一（welle design）

神永 学（かみなが・まなぶ）

一九七四年山梨県生まれ。日本映画学校（現日本映画大学）卒。

二〇〇三年『赤い隻眼』を自費出版。

同作を大幅改稿した『心霊探偵八雲　赤い瞳は知っている』で二〇〇四年プロ作家デビュー。

「心霊探偵八雲」「心霊探偵八雲 INITIAL FILE」の他に「天命探偵」「怪盗探偵山猫」

「確率捜査官　御子柴岳人」「悪魔と呼ばれた男」「殺生伝」「革命のリベリオン」などのシリーズ作品、
その他『イノセントブルー　記憶の旅人』『コンダクター』『ガラスの城壁』などの著書がある。

月下《げっか》の黒龍《こくりゅう》　浮雲《うきくも》心霊《しんれい》奇譚《きたん》

二〇二三年二月一〇日　第一刷発行

著者　神永《かみなが》学《まなぶ》
発行者　樋口尚也
発行所　株式会社集英社
〒一〇一-八〇五〇　東京都千代田区一ツ橋二-五-一〇
電話　〇三-三二三〇-六一〇〇（編集部）
〇三-三二三〇-六〇八〇（読者係）
〇三-三二三〇-六三九三（販売部）書店専用
印刷所　凸版印刷株式会社
製本所　加藤製本株式会社

ISBN978-4-08-771800-3 C0093
定価はカバーに表示してあります。

集英社の本

浮雲心霊奇譚

◉第一シリーズ全六巻

集英社文庫

時は幕末。絵師を目指す八十八《やそはち》は、身内に起きた怪異事件をきっかけに、憑きもの落としの浮雲と出会う。赤い瞳で死者の魂を見据える浮雲に惹かれ、八十八は彼とともに様々な事件に関わっていく——。

赤眼の理

妖刀の理

菩薩の理

白蛇の理

呪術師の宴

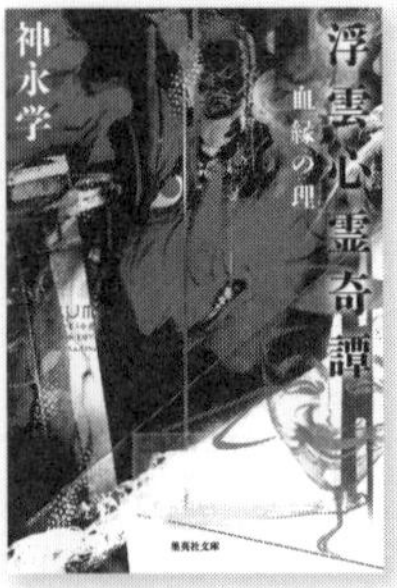

血縁の理

売中！！